小学館文庫

長島忠義

北近江合戦心得〈二〉

井原忠政

小学館

目次

◇天正二年 越前国之図

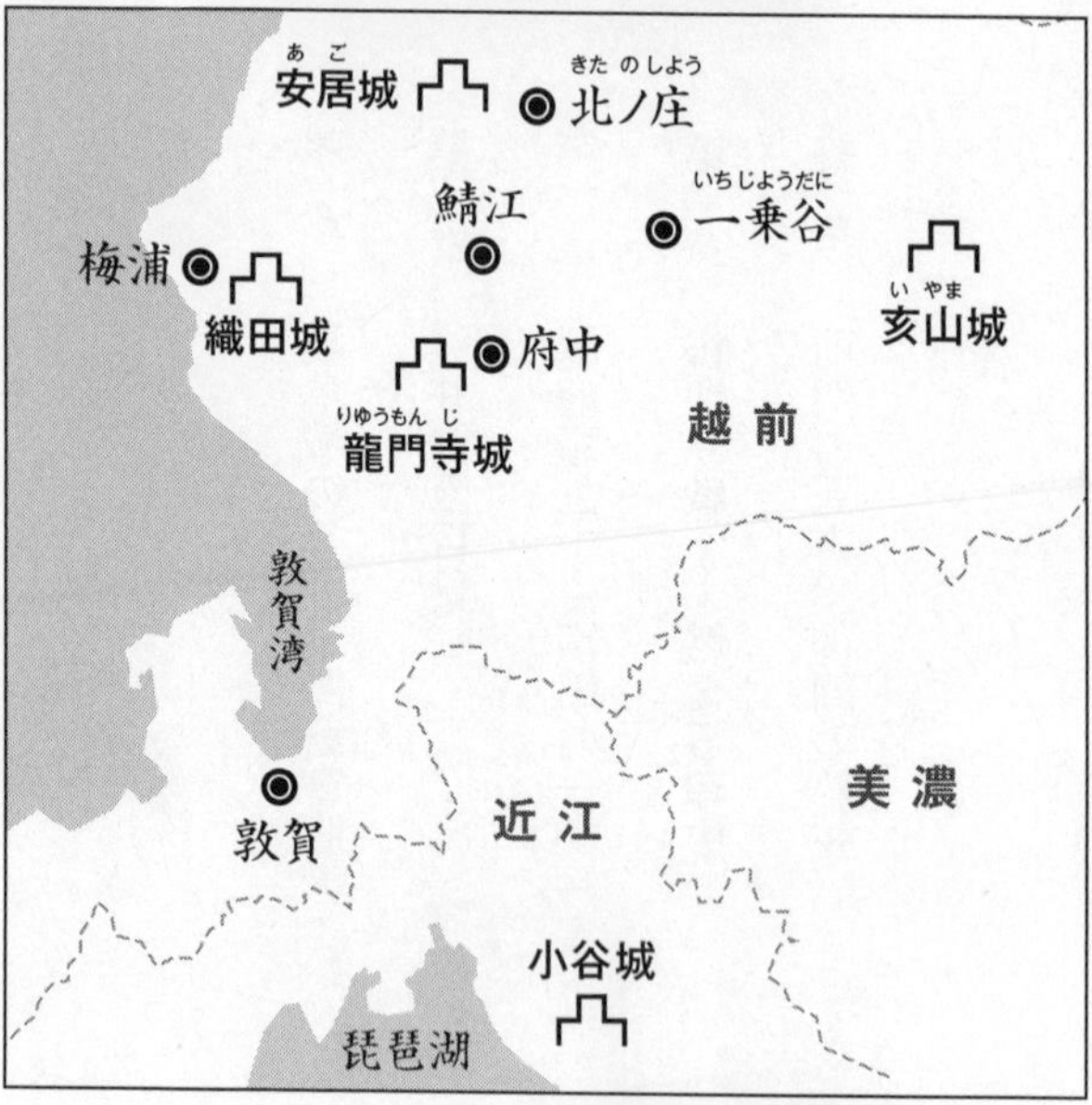

◇関船之図

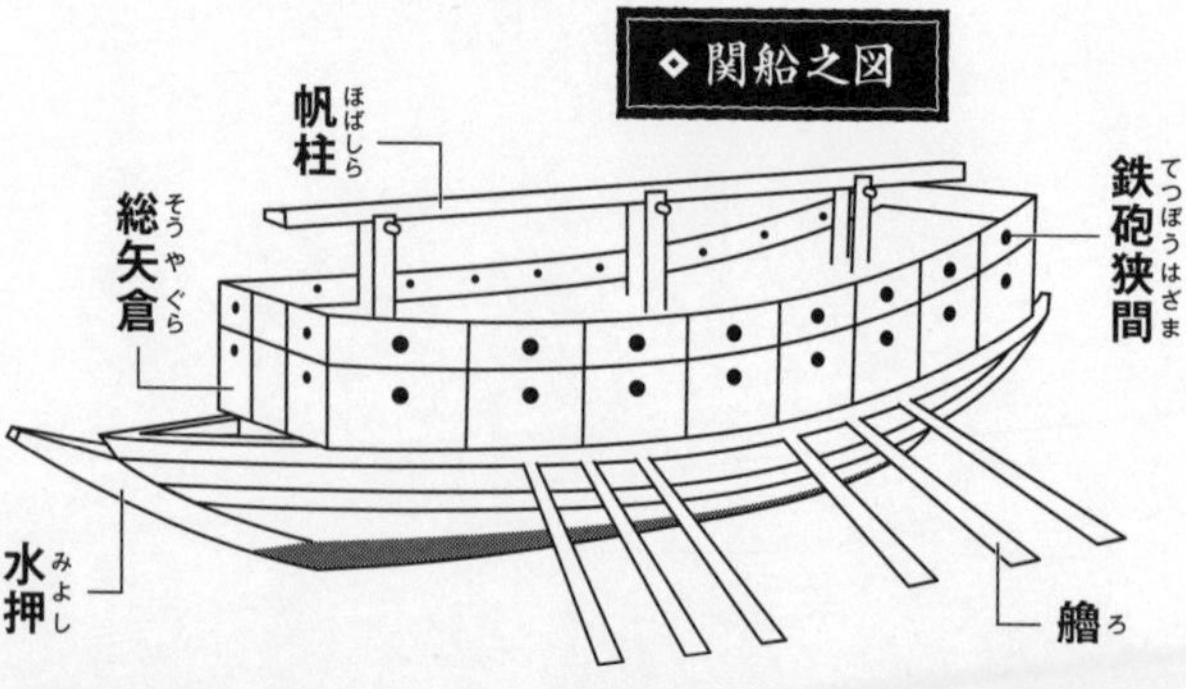

◇天正二年 長島一揆 織田軍の攻撃図

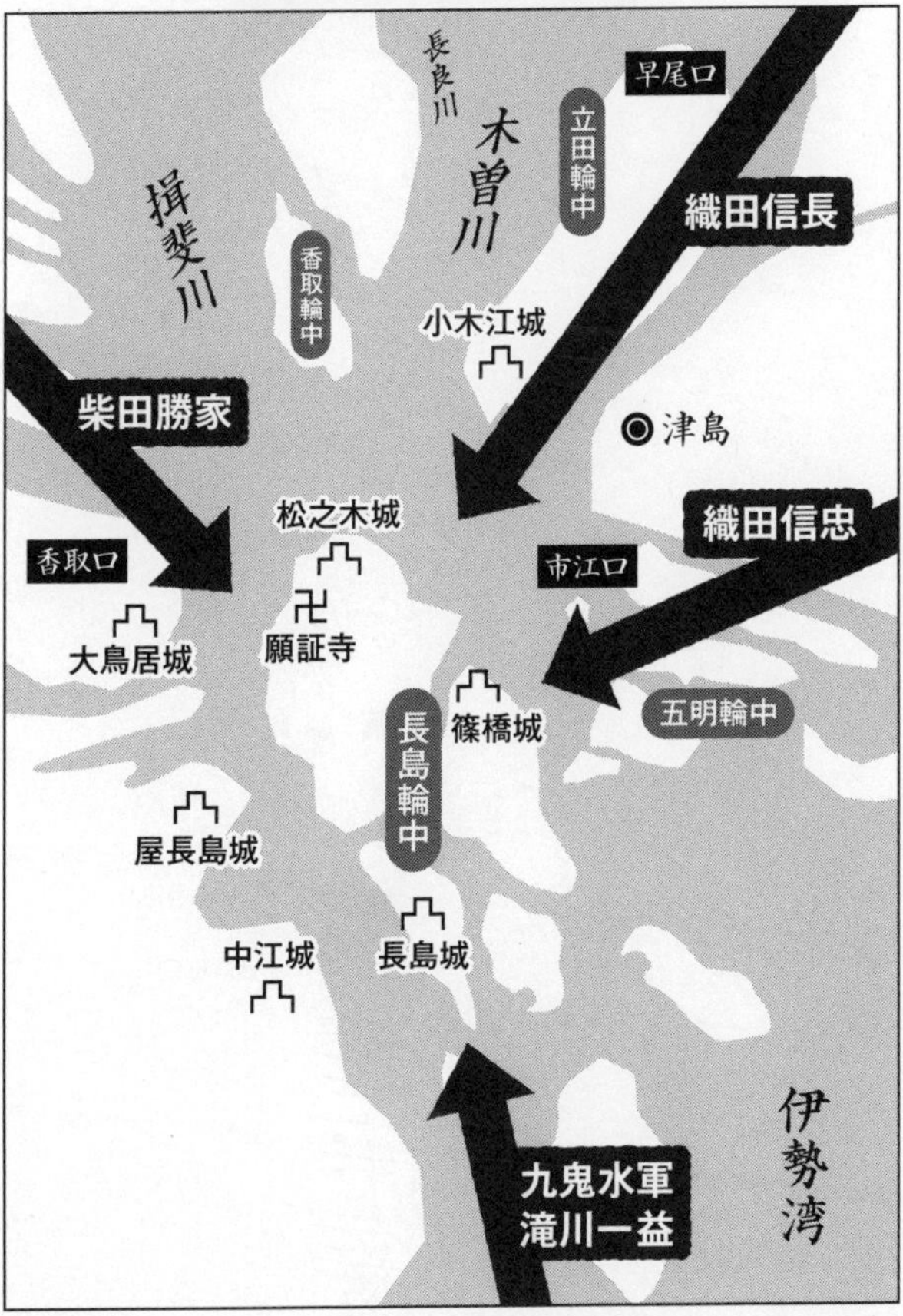

長島忠義　北近江合戦心得〈二〉

登場人物

大石与一郎《おおいしよいちろう》　浅井《あざい》家家臣・遠藤喜右衛門《えんどうきえもん》の嫡男で、弓の名手。浅井家再興のため、羽柴家の足軽となり「大石」を名乗る。
武原弁造《たけはらべんぞう》　与一郎の郎党。六尺二寸の巨漢で、元は関ケ原松尾山の山賊頭。
於弦《おつる》　紀伊の義理の娘で、越前敦賀の女猟師。与一郎と将来を誓い合う。
紀伊《きい》　与一郎の乳母。越前敦賀の地侍・木村喜内之介《きむらきないのすけ》に嫁いだ。
於市《おいち》　織田信長《おだのぶなが》の実妹で、故浅井長政《ながまさ》の正室。
羽柴秀吉《はしばひでよし》　後の天下人・豊臣《とよとみ》秀吉。与一郎と取引し、長政の遺児・万寿丸《まんじゅまる》を匿う。
木下長秀《きのしたながひで》　秀吉の実弟。通り名・小一郎《こいちろう》。
藤堂与吉《とうどうよきち》　与一郎、弁造らの足軽組の小頭。後の藤堂高虎《たかとら》。
阿閉万五郎《あつじまんごろう》　与一郎の幼馴染。織田家直臣。妹・於絹《おきぬ》は秀吉の側室。
片桐助佐《かたぎりすけざ》　与一郎の幼馴染で、秀吉の側小姓。後の片桐且元《かつもと》。
石田佐吉《いしださきち》　秀吉の側小姓。後の石田三成《みつなり》。
大和田左門《おおわださもん》　与一郎が鯖江で出会った地侍。常に頭陀袋を背負っている。
市松《いちまつ》、倉蔵《くらぞう》、義介《ぎすけ》　いずれも北近江出身の、与一郎と弁造の同僚足軽。

序章　岐阜城の月——臥薪嘗胆

静寂の中、煙が闇に棚引く——たぶん、これは硝煙だ。

なにかがそこにいる。目を凝らすと、押雲前立《おしぐもまえだて》の筋兜《すじかぶと》を頂く黒々とした当世具《とうせいぐ》足《そく》が見下ろしていた。

「与一郎《よいちろう》、行け。倅《せがれ》のこと……頼んだぞ」

今は亡き主人、浅井長政《あざいながまさ》の懐かしい声が響いた。

「と、殿ッ！」

そう叫んで布団代わりのムシロをはね飛ばし、ガバと身を起こした。

薄闇の中、なんとか夜目がきく。囲炉裏の火が熾《おき》となり、トロトロと燃えて屋内を淡く照らしていた。ここは岐阜《ぎふ》城下の足軽小屋だ。周囲では九人の足軽仲間が大いびきをかいている。

「なんや……夢かいな」

と、遠藤《えんどう》与一郎改め、大石《おおいし》与一郎が呟《つぶや》いた。

夢と現《うつつ》の狭間《はざま》でしばらく呆然《ぼうぜん》としていたが、やがて身震いをし、思わず足元のムシロを引き寄せた。天正《てんしょう》二年（一五七四）正月の三日は、新暦になおせば一月二十五日にあたる。内陸にある岐阜、さすがに冷え込む。足軽小屋の壁際に飾られた正月用の具足餅（鏡餅）が凍《こご》えて見えた。

「与一郎、行け。倅のこと……頼んだぞ」

これは四ヶ月《よつき》前、落城寸前の小谷《おだに》城本丸で聞いた敬愛する浅井長政公の別れ際の言葉だ。与一郎は期待に応えられなかった。託された主人の嫡男《ちゃくなん》——万福丸《まんぷくまる》を守りきれなかったのだから。

（泉下《せんか》の殿に、申し開きできん）

整った美しい顔を歪《ゆが》め、声を上げずにひとしきり泣いた。不甲斐《ふがい》無さと敗北感が与一郎を責めさいなんだ。

彼は一人足軽小屋を出た。冷気が肌を刺す。後ろ手で板戸をソッと閉めた。入口の両側には、細くひょろ長い松の枝が立てられ、根元を数本の竹が囲んでいる。往時の門松だ。竹の頭は水平に断ち切ってある。斜めに切るのは、後代の流行《はや》りだ。巷間《こうかん》、家康《いえやす》が武田《たけだ》家（竹に通ずる）憎しの余り、首を刎《は》ねるように「斜め切りにした」とも言われるが――真偽のほどは分からない。

三日の月は、戌《いぬ》の上刻《じょうこく》（午後七時頃）には早々と沈んでいる。夜道を歩くのには、星明かりだけが頼りだ。

見上げれば、岐阜城天守が金華山《きんかざん》山頂に聳《そび》えていた。父遠藤喜右衛門《きえもん》、主君浅井長政、その嫡男浅井万福丸――与一郎が大切に思う人を、次々に殺戮《さつりく》してきた憎き織田信長《おだのぶなが》がいる天守だ。

正月元日の宴《うたげ》で、信長は浅井久政《ひさまさ》・長政父子の頭骨を箔濃《はくだみ》とし、側近たちの前に「酒肴《しゅこう》として」さらしたそうな。箔濃とは、頭骨に漆《うるし》をかけ、金粉や金箔で飾り立てた呪術的な装飾品である。

箔濃の呪術性をもって、「死者への敬意を表出する行為」と信長を擁護《ようご》する意見も散見されるが、「酒肴に供した」時点でその理屈は破綻《はたん》していよう。

旧主浅井長政の夢をみたのも、箔濃の話を聞き、義憤に駆られた影響かも知れない。や、それに相違ない。

（今に見ろ信長……いずれトリカブトの毒矢を、貴様の喉に射込《いこ》んでくれるわ）

と、心中で吼《ほ》えながら、与一郎は寝静まった正月の岐阜城下を北へ歩き、長良川《ながらがわ》の河原へと出た。心を静めたいと思うとき、いつも足が向く場所である。単調な流れの音がささくれ立った心を癒してくれるし、秘密の会話も盗み聞きされにくい。胸に秘め事を抱く者にとっては、是非にも必要な場所だ。

与一郎は、河原の丸石に腰を下ろした。黒々とした川面《かわも》を見つめるうちに「ふう」と溜息《ためいき》がもれた。

（まったく……あの手の夢をみたからには、殿の御霊《みたま》が「早う仇《かたき》を討て」と俺をせかしとるのやも知れん）

織田家は周辺諸国を攻め、併呑《へいどん》し、版図《はんと》を拡《ひろ》げつつある。領地が拡大すれば、自《おの》ずと家臣の数も増やさねばならない。そこで、主家が滅び牢人《ろうにん》となったその地の旧臣たちを数多く召し抱えるようになった。

織田家の中でも、五千貫（約一万石）からいきなり十二万石の大名に出世した羽柴秀吉《はしばひでよし》などはその最たるもので、彼は深刻な人材難にあえいでいた。

そもそも、五千貫の軍役は二百五十人ほどだ。それが十二万石ともなると一気に三千人からの軍役に膨れ上がる。それも有象無象《うぞうむぞう》の素人《しろうと》では役に立たない。織田家の家臣は、明日にも激烈なる戦場に立たされるかも知れないからだ。そうなると、即戦力の人材を求める秀吉の目には、新領地北近江《きたおうみ》に溢《あふ》れる浅井の旧臣たちは、宝の山にも見えたことだろう。織田家や羽柴家において、今や浅井家の旧臣たちは引く手あまただ。誰も彼もが奉行や物頭、近習《きんじゅう》や母衣衆《ほろしゅう》に取り立てられて優雅に暮らしている。浅井家滅亡の遺恨など口にする者は誰もいない。

その中にあって、与一郎だけは足軽身分だ。与一郎の本来の苗字《みょうじ》である遠藤氏は、鎌倉時代から続く北近江須川《すがわ》の国衆《くにしゅう》であり、浅井家では重臣の列に名を連ねていた。与一郎自身、弓と馬の名手であり、初陣《ういじん》となった姉川《あねがわ》戦では兜首《かぶとくび》を三つも挙げた武辺《ぶへん》者である。それがどうして足軽に据え置かれているのか――

実は与一郎、三ヶ月《みつき》前に関ケ原の刑場を襲い、旧主浅井長政の嫡男万福丸の首級を奪還したのだ。さらに、万福丸の首を刎ねた織田家の足軽大将を謀殺したのは二ヶ月《ふたつき》前のことである。完全に織田家に敵対する行為であり、まだまだほとぼりは冷めていない。

その顚末《てんまつ》を知る秀吉は、与一郎を罰することこそしなかったが、重く用いることには難色を示した。主人信長に遠慮したのだろう。だから今も足軽のままだ。

「なに、今は足軽で十分や。どうせ羽柴家への奉公は、仇の首を獲《と》るまでの腰掛けやからな」

と、星空を眺めながら小声で呟いた。

負け惜しみではない。怨敵《おんてき》信長の家来として出世することを、与一郎は一切望んでいなかった。己《おの》が罪科《つみとが》を有耶無耶《うやむや》にせず、旧主浅井長政の遺恨を忘れぬためには「足軽で苦労するぐらいが丁度ええ」と本心から思っていた。いつの日にか信長の首を挙げて父や主君たちの遺恨を晴らす。その日までは如何《いか》なる栄達も贅沢《ぜいたく》も、自分には不要だし、害悪ですらある。

「まったくの料簡《りようけん》違いですな」

不意に背後で声がした。

「だ、誰や！」

少し慌てた。仇の首云々《うんぬん》の件《くだり》を聞かれたかも知れない。腰の小刀に手を添えて丸石から立ち上がった。必要とあらば殺して口を封じねばならない。

「身共《みども》にござる」

と、闇の中から大男が欠伸《あくび》を噛《か》み殺しつつ、のっそりと姿を現した。与一郎から見て——元は遠藤家の郎党であり、羽柴家にあっては足軽の同僚であり、個人的には朋輩《ほうばい》ですらある武原弁造《たけはらべんぞう》だ。彼なら秘密を共有する仲だ。ホッとはしたが、驚かされたことで腹が立った。

「なにがや⁉　なにが料簡違いや！」

料簡違い——弁造の挑発的な言葉に、ムッとして目を剝《む》いた。

「では伺いまするが、殿の本願は仇討ちですのか？」

弁造は、与一郎から二間（約三・六メートル）の距離を置いて対峙《たいじ》した。太い腕を胸の前で組み、偉そうに上から睨《にら》んでくる。ちなみにこの男、身の丈が六尺二寸（約百八十六センチ）、目方は二十四貫（約九十キログラム）ある。大勢に交わって並べば、首一つ分が上に出る。まさに巨人であった。

「そうや。仇討ちや。今さらなんや？」

「ハハハ、やっぱり料簡違いにござるわ」

巨漢は冷笑し、さらに言葉を続けた。

「つまり殿は、浅井公への忠義心から仇討ちしますのやろ？」

「当たり前や」

「ならば、よう考えてみなはれ。泉下の長政公が、なにを一番に欲しておられるのかを？」

「そら、おまい……」

不覚にも口籠《くちご》もった。

「答えは明確、かつ簡単」

与一郎がみせた一瞬の戸惑いを、弁造が突いて話を引き取った。

「万寿丸《まんじゅまる》様ですがな……」

万寿丸は、長政が側室に産ませた庶子である。昨年五月に生まれ、八月の小谷落城の折、与一郎の朋輩でもある片桐助佐《かたぎりすけざ》によって琵琶湖畔《びわこはん》の葦原《よしはら》に隠され、生き延びた赤子だ。

「浅井家に残された最後の希望である万寿丸様を奉じ、浅井家を再興させることこそが忠義の道でございましょう」

弁造は、浅井家再興こそが「与一郎の本願であるべきだ」と説いた。

「信長の首などは、その後のことでよろしい」

「ふん。偉そうに……元は山賊のくせに」

「あら、ま」

と、弁造の顔から笑みが消えた。気に障ったようだ。主従は黙って睨み合い、川音が暗い中で急に高まった。

与一郎の言葉に嘘《うそ》はない。この弁造、元々の出自は関ケ原の山賊である。与一郎に鏑矢《かぶらや》で眉間《みけん》を射られて昏倒《こんとう》、負けを認め、以来忠実なる家来となった。齢《とし》は弁造の方が、大体七つか八つ年長らしい。元は山賊だから、生年がハッキリとはしないのだ。

「や、今の山賊云々は撤回させてくれ。済まなかった」

与一郎が折れた。

「出自は兎《と》も角《かく》、今のおまいは花も実もある立派な武士や」

「お褒めいただき嬉《うれ》しゅうござる……ただ、武士とゆうても足軽ですけどな」

と、大男が相好を崩し、言葉を続けた。

「万寿丸様を秀吉様が匿《かくま》って下さっている以上、今は彼《か》の殿様に従うしかございますまい」

「……参ったなァ」

与一郎が嘆息を漏らし、己が首筋を叩《たた》いた。

頭では分かっているのだが、与一郎はまだ若く、性格的には直情径行型である。遠大な御家再興よりも、今すぐにも問答無用で信長にトリカブトの毒矢を射込んでやりたかった。

「となると、仇討ちはしばらくお預けやな」

秀吉からも「仇討ちは困る」と釘《くぎ》を刺されている。ただ、秀吉は「未来永劫《えいごう》、仇討ちをするな」とも言っていない。その辺が、あの小男の食えないところだ。

「なにごとも臥薪嘗胆《がしんしょうたん》にございます」

「ほう、偉い言葉を知っとるなァ」

「元山賊のくせに、ですかな?」

「ハハハ、そうや」

秀麗な顔を歪めて与一郎が笑った。

怨敵織田信長の住む岐阜城が、金華山の頂から若い主従の遣《や》り取《と》りを見下ろしていた。

第一章　浅井旧臣百景

一

足利《あしかが》将軍家の室町《むろまち》御所では、正月十日の御参内始《ごさんだいはじめ》をもって仕事始めとするようだ。しかし、短気でせっかちな信長が率いる織田家では、そこまで悠長に休んではいられない。大体五日、遅くとも六日には誰もが動き始める。

藤堂与吉《とうどうよきち》が小頭として率いる十人は、羽柴家の足軽組である。与一郎と弁造もその一員だ。羽柴隊は明朝五日の辰《たつ》の下刻《げこく》（午前八時頃）に「岐阜を発《た》つ」旨の指令が各組に下った。

「辰の下刻ならゆっくりやな。関ケ原で一泊とみた……野宿が辛《つら》そうや」

足軽小屋の囲炉裏で暖を取りながら、与一郎は明日の晩の凍える露営に思いを馳《は》せ、身を震わせた。

岐阜と小谷は十四里（約五十五キロ）離れている。三百人以上の行軍となれば、一泊二日の行程は普通だ。ちょうど真ん中辺りの関ケ原が露営地と思われた。もし、強行軍で十四里を一日で歩き通すつもりなら、もっと出発時刻を早めるはずだろう。

「ムシロを二つ背負っていきますか」

傍らで弁造が、欠伸を嚙み殺しながら呟いた。夜具の代わりのムシロは、一枚より二枚の方が少しは暖かく過ごせる。

「荷物になるやろ」

「岐阜を発つとゆうても、小谷城に戻るだけですからな。大した荷物があるわけでもなし」

小谷城下と較《くら》べれば、岐阜城下は大層な都会である。小谷で買えないような砂糖や生薬、織物などを足軽たちは買い求め、打飼袋《うちかいぶくろ》に入れて携行する。私物といえば、そのぐらいのものだ。

そもそも、羽柴家の足軽の俸給は、年に四貫文である。一貫文は永楽銭一千枚分だ。永楽銭一文は、ざっくり現代の百円に相当するから、四貫文は四十万円ということになる。他家よりはましな方だ。ただ、衣食住と武具は秀吉から与えられるとはいえ、年収四十万円は薄給に相違ない。大した物は買えない。

ちなみに、打飼袋は往時の物入れだ。布を筒状に縫い合わせ、中に物を入れ、両端を腰に巻いてしばる。とても重宝するので、足軽から高位の武士にまで広く使われた。

「与一郎さま」

弾んだ女の声がした。振り向けば、於市《おいち》の侍女の和音《かずね》である。足軽小屋の入口から半身を乗り出し、与一郎に艶然《ほほえ》と微笑みかけた。

（またまた……和音殿は芝居が過ぎるんや）

心中で舌打ちして立ち上がった。案の定、弁造を含め足軽小屋にいる九人のむさい男たちの視線が、美貌の和音に集中している。劣情と嫉妬がないまぜになった実に危ない目つきだ。口は誰もが半開きである。

和音が、足軽小屋を訪ねて来たとなれば、於市の用事に相違あるまい。於市は信長の実妹であると同時に、故浅井長政の正室であった。百に一つ、長政の遺児万寿丸が浅井家再興を成し遂げるためには、於市の協力が不可欠なのである。与一郎たち旧浅井衆からすれば、まさに於市は、心のより所であった。

ただ於市御寮人とまで呼ばれる高貴な女性が、足軽風情を度々呼び出しては妙な目で見られかねないから、必ず和音が間に入る。与一郎と和音は恋仲で、逢引《あいびき》という体《てい》で足軽小屋を抜け出すのだ。美男美女のこと、誰も疑わない。ただ——

「す、少しくっつき過ぎですよ」

「そうでしょうか？　私たち恋仲なんでしょ。余所余所《よそよそ》しく離れて話していてはかえって変です」

与一郎の腰に腕を回し、胸に顔をうずめながら、和音がうっとりと呟いた。香でも焚《た》き染《し》めているのか、好《よ》い匂いが漂ってきて、与一郎の男心をくすぐった。

「だからって……昼《ひる》の日中《ひなか》やし」

「でしたら、次回は夜に」

（なんやそれは……こいつ、結構な阿婆擦《あばず》れではないのか？）

於市の用件は、今宵子《こよいね》の上刻《じょうこく》（午後十一時頃）に金華山山麓の御殿まで忍んで来るようにとのことだ。話は伝え終えたはずなのに、和音は最前からこうしてくっついたままで身を離そうとしない。

「於市様の侍女と足軽風情が親密にしておっては大層目立つし、反感を買うだけです」

「反感？」

和音が顔を上げ、小首を傾《かし》げた。からかうように瞳が揺れて、なんとも艶《なま》めかしい。与一郎はゴクリと固唾《かたず》を飲み込んだ。

「然様《さよう》、反感です。足軽なんて誰も独り身ですよ。恋仲の女がいるってだけで反感を持たれます。ましてや、貴女《あなた》のような綺麗《きれい》な方だと……」

男の嫉妬も、女の嫉妬に負けず劣らず強烈だ。しかも奴《やつ》らは、槍《やり》や刀、鉄砲まで持っている。戦場での弾は前から飛んでくるとは限らない。

「私、綺麗なの？」

「や、だからその……」

しどろもどろになった。

「ちゃんと仰《おつしや》って下さい。私、綺麗？」

「あの、その……」

「わかりました！」

機嫌を損ねたのか、和音はサッと身を離した。恨みがましい目で下から睨んでくる。

「与一郎様は、私がお嫌いなのね？　私とお芝居するのがそんなにお嫌？　不実なお方」

踵《きびす》を返し、さっさと歩き出した。

「ちょ、ちょっと……和音殿」

と、声をかけたが振り返ることはなく、スタスタと歩み去ってしまった。

(う〜む……参ったなァ)

こうして硬軟を織り交ぜ、交互に甘い辛いで攻められる内、気づけばその女にのめり込み、雁字《がんじ》搦《がら》めになっている。なんだか敦賀《つるが》の於弦《おつる》に惚《ほ》れた経過とよく似ているような気がした。ただ少し異なるのは、和音には故意に手練手管を弄している気配があるのに対し、於弦にはその風がまったくないというところだ。

於弦は常に真《ま》っ直《す》ぐな女である。与一郎への愛も一途《いちず》だ。もし与一郎が不実を働けば、その怒りもまた一途であろう。自分と於弦はどこか似ている。仮初《かりそ》めに惚れてはならぬ女に惚れてしまった——との後悔がなくもないが、もし自分がすべてのしがらみから解放されたとして、於弦と和音、どちらの女を選ぶかと問われれば、迷うことなく於弦を選ぶはずだ。

(於弦……今頃どうしているのやら)

於弦は猟師だ。女だてらに毒矢を使い、単独で熊や猪まで狩る。冬場の獣毛は高く売れ、猟師の稼ぎ時だと聞いたが、於弦も根雪を踏んで一人山奥に入っているのだろうか。

四日の月は、亥の上刻《いじょうこく》（午後九時頃）には山の端《は》に姿を隠す。薄《うっす》ら積もった雪明かりを頼りに寝静まった岐阜城下を歩いた。吐く息が濛々《もうもう》と白い。岐阜は美濃《みの》国の中では、比較的積雪の少ない土地柄だ。山勝ちな飛騨《ひだ》に近い方は、もっと積もる。

「明けましておめでとうございまする」

「おめでとう。今年も宜《よろ》しゅうに」

岐阜城天守が聳える金華山の麓、於市の住む御殿内で、与一郎は於市と年頭の挨拶を交わした。和音は背後に控えているが、与一郎と目を合わそうとしない。美貌を褒めなかったことを、まだ怒っているようだ。ま、本気で怒っているのかは疑問で、狡猾《こうかつ》な女の計略なのかも知れない。

「お前、明日の出立《しゅったつ》は早いであろうに、このような夜分に呼び出して相済まぬことじゃ」

於市が詫《わ》びた。羽柴隊が一旦小谷へ戻ると、次にいつ岐阜に来られるのか分からないから、どうしても今夜の内に伝えておきたかったという。

「実は、万寿丸に会《お》うてきた」

「なんと！」

与一郎、思わず身を乗り出した。

「秀吉殿から文《ふみ》が参って、岐阜から然程《さほど》遠くない山寺に呼び出されたのじゃ」

「では、そこに？」

「大事に匿《かくま》われておった。於仙《おせん》も元気そうで、乳もよう出てなァ」

於仙とは万寿丸の生母で、浅井長政の側室だ。出産は去年の五月だから、まだしばらくは授乳が続くのだろう。

「それはようございました。祝着《しゅうちゃく》、祝着にございまする」

万寿丸は浅井家再興のかすかな希望である。自然に笑みがこぼれた。

ひとしきり万寿丸の話題で盛り上がった後、於市は和音に用事を命じ、和音は一人席を外した。襖《ふすま》が閉まるのを待ちかねたように、於市は与一郎に顔を寄せ、声を絞った。

「お前、まだ足軽奉公を続けていやるのか？」

「はい。仲間たちと楽しくやっております」

「それはなによりだが……お前は元々、鎌倉以来の名家の頭領。さぞや不満もあるのであろうなァ」

「秀吉公からは、今少し辛抱するようにと言われております」

「然様か」

「なにせそれがし、色々とやらかしておりますから、今のところ、それらの罪を問われないだけでも有難いと思うておりまする」

「なるほど。秀吉殿は大きくも小さくも気配りのできるお方。お前のことも気にかけてくれているはず。腐ることなく焦ることなく、秀吉殿に本気で仕えることが肝要じゃぞ」

「ははッ」

　と、平伏した。

「妾《わらわ》からも、よくよく伝えておくゆえ、なんぞ一つでも手柄を挙げれば、必ずや馬乗りの身分に取り立ててもらえるであろう」

「有難き幸せにございます」

「遠藤与一郎と申せば弓と馬の名人じゃからなァ。ただの槍足軽では勿体《もったい》ない」

　と、手の甲を口に当てて笑った。

「ときに……」

於市は背後を窺《うかが》い、和音がまだ戻らぬのを確認した。

「馬乗りの身分に返り咲いた暁《あかつき》には、お前も身を固めねばならぬな。どこぞに想《おも》う女子《おなご》でもおるのか？」

「め、滅相《めっそう》もない」

於弦の顔が浮かんだが、一応は否定しておくことにした。

「ならば、和音はどうじゃ？」

「はあ？」

「あの者の家は湖南の国衆でな。遠藤家と家格も釣り合う。あの通りの美貌だし働き者で頭もよう切れる。なによりも健康じゃ。如何《いかが》かのう？　良縁だとは思うのだが」

「はあ……」

大いに困った。和音が自分に好意を寄せてくれていることは薄々感じていたのだが、実際に於市の前で夫婦約束をするわけにはいかない。第一には、自分の本懐――浅井家再興と信長を殺し長政公の無念を晴らす――を遂げるまでは己が幸福を求めるつもりがないこと。第二には勿論、於弦の存在がある。

「もったいないようなお話ですが、それがし今は、どうしても嫁を貰《もら》う気持ちにはなれませぬ」

「今でなくともよい。夫婦約束さえしておけば、後は騎乗の身分になったときにでも、晴れて夫婦になればよいではないか」

「はあ、然様ですな……」

気まずい沈黙が流れた。

「和音では不服か？」

戦国一の美貌と称《たた》えられた於市が、与一郎の顔を覗《のぞ》き込んだ。

「お前の好みではないのか？」

「とんでもない。それがしには過ぎたる女性《にょしょう》かと」

「ならば迷うことではないはず。ここだけの話、あの子はお前にぞっこんなのじゃ。女心を踏みにじっては後々……あ、そうか！」

於市が驚いたような目で与一郎を見つめた。

「そうであったか。男だてらに美しい顔をしておるから……お前、そちらか」

「あの……」

「なるほど、なるほど」

完全に誤解され、深く幾度も頷《うなず》かれた。

「や、決してそういうことではございません」

縁談を断ったぐらいで、決めつけられるのも困る。

「違うと申すのなら、和音でよいではないか？　あの子のどこが嫌なのか？」

「い、嫌ではございません」

「嫌いではないが……夫婦は駄目だと申すか？」

於市が落胆して肩を落としたそのとき、襖が音もなく開き、和音が戻ってきた。

於市に一礼し、顔を上げて与一郎を見た――否、睨んだ。最前までは目を合わせないだけだったが、今は違う。遺恨と憤怒《ふんぬ》と害意が入り混じった、それは恐ろしげな目で睨みつけてきた。

（あら……俺のこと完全に恨んどるわ）

おそらく、和音は襖の陰で気配を消し、於市と与一郎の会話を盗み聞いていたものと思われる。和音は「愛《いと》おしい与一郎」から、完膚なきまでに拒絶された。なまじ才色兼備を誇る自信家だけに、さぞや屈辱であったはずだ。結果、愛しさ余って憎さ百万倍の境地に至ったのに相違あるまい。

「この恥辱……雪《そそ》がでおくべきか」

与一郎の耳にだけ、地獄の底から湧きおこるような、和音の呪詛《じゅそ》の声が聞こえていた。

二

羽柴隊は五日の朝に岐阜を発ち、東山道《とうさんどう》を西へ進んだ。

寒気の中、付き従う数百の兵や馬の吐く息が白い。羽柴隊の幟旗《のぼりばた》は「総金《そうきん》」とも呼ばれる無地の金色《こんじき》だ。旗尾《きび》側に幾筋かの切れ込みが入れられており、風に細かくなびいて朝陽《あさひ》をきらめかせた。

秀吉は、家来たち全員に完全なる戦支度《いくさじたく》を命じた。冬場の十四里（約五十五キロ）の行軍は、またとない部隊演習の機会と考えたようだ。

足軽たちは、畳具足《たたみぐそく》に陣笠《じんがさ》をかぶり、打刀を佩《お》び、槍を持ち、さらには野営用のムシロ、ゆとりをもって三日分の味噌《みそ》と米を腰に巻いて行軍した。ちなみに畳具足とは、小さく折り畳むことができ、風呂敷一枚で包める簡易な御貸具足《おかしぐそく》である。御貸具足とは、領主が徒士や足軽に貸与する数物《かずもの》の具足を指す。で、数物は粗製品、量産品の意味——色々と用語が厄介で申しわけない。

「なあ、考えてもみろや」

羽柴秀吉が、実弟の木下長秀《きのしたながひで》に声を潜めて囁《ささや》いた。現在兄弟は大垣《おおがき》の西方、垂井界隈《たるいかいわい》を轡《くつわ》を並べて行軍中である。

「は？」

長秀は「またか」と呆《あき》れて兄の顔を眺めた。この三歳年長の兄貴は、いつも話し始めが唐突で急だ。そもそも、なにについて「考えてもみろ」と言われているのか見当もつかない。兄は極めて頭の回転が速い男だから、言葉が思考に追いつかないのだ。ただ、あほうだと見切った相手だと、きちんと筋立ててゆっくり話して聞かせる。話し方や言葉を相手によって使い分けているようだ。つまり、唐突に話し始めるのは、相手を賢いと認めている証《あかし》でもある。

（俺のことは「あほうではねェ」と思って下さっとるらしい。有難《ありが》てェことだわ）

と、内心で頬をゆるめた。

「北近江の地は、昨年八月まで浅井家が善政を敷いとった土地柄だがや。分かるか小一郎《こいちろう》？」

小一郎は、長秀の通り名だ。

「旧浅井衆に一揆《いっき》などおこされるとまずいがね」

「なんぞ、よからぬ噂《うわさ》でもございますのか？」

一揆――穏やかでない言葉が出たので、長秀も小声で応じた。

「たァけ。そんなものは一切ねェわ」

小柄な気鋭の大名が威張って胸を張った。その傍らには、瓢簞《ひょうたん》を模した金色の馬印が掲げられている。七年前の永禄《えいろく》十年（一五六七）、稲葉山城《いなばやまじょう》攻略の武功を褒め、信長が直々に許した小馬印である。その折の稲葉山城が、今朝発ってきた岐阜城であり、信長は当時「井口《いのくち》」と呼ばれていた土地を「岐阜」と改称し、己が根拠地として使っている。

「ならば、別段宜しいではございませぬか」

「よからぬ噂が立つ前に対策しておきたい。先手先手……それがワシ流だがや」

（なるほど）

と、この賢い弟は思った。

兄はせっかちだが、配下に無理はさせない。や、一応無理はさせるのだが、無理をさせる前には、周到に手配りをしておくのが秀吉流だ。よって、相当な無理をさせられても、長秀たち配下は然程に不満を感じない。事程然様《ことほどさよう》に、兄はこの上もなく「仕え易《やす》い主人や」と長秀は確信していた。

「大体よォ。領主が代わると、とかく下々《しもじも》は、前領主と現領主とを較べたがるものよ。『浅井様の時代はよかった』『そこへいくと今度の羽柴様はあかん』『ならば、一揆でも起こすべぇ』そうなったらかなわんがね……昔は、おみゃあにも覚えがあろうが？」

「はい、それはもう」

この兄弟、元はその「下々」であった。出自は尾張中村《おわりなかむら》の貧農だ。兄は、数えで十四のとき村から出奔した。逃げる直前、当時十一歳だった長秀の頭を撫《な》でて「侍になって、すぐに迎えにきたるがや」と言い残したのを覚えている。数日後には迎えに来るのかと待っていたのだが、それから十数年は音信が途絶えた。

織田家の足軽小頭となった兄が迎えにきたときには、長秀は二十三歳になっていた。秀吉の当時の俸給は十貫（二十石）ほど。それがその後の十二年間で六千倍の十二万石に化けた。長秀は「兄の家来になってよかった」と心底から思っている。

「領地が治まらんと、上様（信長）から『サルめ、所詮《しょせん》大名の器ではなかったか』と、折角もろうた領地を召し上げられかねんわ」

「そりゃ、一大事でございますわなァ」

と、弟が真顔で頷いた。長秀から見ても、信長は頼り甲斐《がい》のある主人だ。しかし、度はずれた気分屋だから、家来たちはいつも気が抜けない。油断していると殴られる。蹴られる。下手をすると殺される。

「今さら……中村になど帰れやせんがね」

長秀が、俯《うつむ》きがちに小声で吐きすてた。

「ほうだら。ワシら兄弟、もう、前に進むしかねェんだわ」

兄も真顔で呟いた。

この兄弟、種は知らず――少なくとも同腹なのだが、まったくもって似ていない。小柄で色黒、痩せぎすの兄に対して、弟は大柄で色白、ふくよかだ。外見ばかりではない。兄は奔放にして豪放磊落《らいらく》な性質《たち》、対する弟は慎重で物静かな性質である。ただ、二人とも洞察力に優れ、思慮深い点だけはよく似ており、事実この兄弟は、話も合うし気も合った。

その日の午後遅くに、羽柴隊は関ケ原へとさしかかった。北からは伊吹《いぶき》山地が下りてきて、南からは鈴鹿《すずか》山脈がせり上がってきている。両山地の先端がせめぎ合う狭間《はざま》を東山道が東西に走っていた。羽柴隊は関ケ原で一泊野営した後、翌朝からは東山道を離れ、小谷目指して北国脇往還《ほっこくわきおうかん》を北西に進んだ。

「おい、小一郎、こっちゃこやァ」

秀吉が、鞍上《あんじょう》から後方を進む弟に手を振った。

「兄さ、どうされましたな?」

馬を飛ばして、長秀がやってきた。

「悩んどるのよ」

秀吉が鞍《くら》の上で身を乗り出し、小声で囁いた。例によって唐突な物言いだ。長秀の方も弁《わきま》えたもので「なにに悩んでおられるのか?」とは訊《き》かない。

「例の大石与一郎な……おみゃあ、与一郎は知っとろう?」

「はい、毒矢で刑場を襲った須川の元国衆ですな」

「昨夜は大変だったそうな」

「どう大変でした?」

「浅井の旧臣たちが幾人も与一郎を訪れ、酒やら餅やらを、何も言わずにたんと置いていったそうな」

「ほう」

「もう山のように堆《うずたか》く盛られていたそうな」

「あらま」

「浅井の連中は、日頃は旧主浅井家なんぞ忘れた面《つら》をしとるが、内心では与一郎の働きに拍手喝采を送っとるのは明白だわ。それが奴らの本音だがね」

噂が広まるのは早い。浅井の旧臣たちはもう、与一郎が万福丸の首級を奪還したことを知っている。信長麾下《きか》の羽柴家に仕えている以上、表だっての称賛は控えているが、陰に回れば「亡き主人の忘れ形見の首級を取り戻した遠藤殿」に声援を送っているはずだ。信長がいる岐阜を離れたことと、首級奪還劇の舞台となった関ケ原に野営したこととで気分が高揚し、与一郎に「酒肴を振る舞おう」と彼らは考えたのであろう。

「ま、生前の長政殿には幾度か面識があった。ここはとれェが、ここは立派な御仁やったからのう。御家来衆も懐いとったのではねェかのう」

と、笑った。ちなみに、一番目の「ここ」では己が蟀谷《こめかみ》を指し、二番目の「ここ」では左胸を叩いていた。

旧浅井衆としては、そんな仁者の主人を裏切り、敵側に転んでのうのうとしている後ろめたさを、闇雲に忠義を尽くす与一郎を支持することで、幾何《いくばく》か緩和させたいと考えるのだろう。ま、理解はできる。

「ワシがこのまま、奴を足軽として遇し続けると、思わぬ反感を買うやも知れんなァ。どう思う？」

羽柴家における与一郎は、一介の足軽に過ぎないが、浅井衆にとって彼が「忠義の象徴」のような存在となれば、羽柴家内における影響は計り知れない。浅井衆人気の高い与一郎を冷遇していることで、不満の矛先が自分に回ってはかなわんと秀吉は結んだ。

「ならばどうされます？　大石を小姓にでも抜擢《ばってき》しますか？」

戦国期の小姓は、武将の側《そば》近くに仕え、身の回りの世話や、警護を務める若年の武士を指す。地位は高くないが、歴《れっき》とした士分であり、将来的には武将の側近ともなる。

「それもどうかな？」

秀吉が小首を傾げた。

「ワシが与一郎を厚遇すれば、ワシの株は上がり、浅井衆の反感は買わんで済むやろ。でもな、奴は刑場を襲っとる。おそらくは安達佐兵衛《あだちさへえ》も殺《や》っとるからなァ。言わば凶状持ちよ。女子みてェな綺麗な面をして、とんでもねェ玉だがや。上様に知れたら、ワシの立場がねェわ」

「ま、足軽身分なら、万が一上様にばれても、言い訳できそうですからな」

足軽の中には、盗人も人殺しも裏切者もたんといる。足軽の中に刑場を襲った者がいたとして、秀吉が信長から強く譴責《けんせき》を受けることはまずなかろう。

「ほうだがや。どうとでもなるわ。足軽ならな」

しばらくの間、兄弟は黙って馬を進めた。

「ほんなら、大石は今のまま足軽にしておいて、別途浅井の牢人衆を新たに召し抱えては如何ですかのう。浅井衆への厚遇ということで、奴らも溜飲《りゅういん》を下げましょうよ」

長秀が小声で兄に提案した。

つまり、秀吉兄弟が浅井家の旧臣を数多《あまた》召し抱えようとしているのは、家臣不足ばかりが理由ではない。浅井家旧臣たちを厚遇し、羽柴家の体制内に取り込むことこそが真の目的だ。旧浅井衆の秀吉への支持が高まりさえすれば、たとえ与一郎が足軽のままでも「然程の反発は起こるまい」そう長秀は言うのだ。

「ま、それも一計だが……もう随分召し抱えたぞ。もうおらんやろ。残り物はあほうばかりではねェのか」

「いやいや、なにせ北近江は山が深い。探せばあちらの谷、こちらの峰に、使える奴がでら隠れ住んどりますがな」

「ふん、まるでサルだがね……あ、サルはワシかァ」

と、おどけて長秀の顔を覗き込んだが、弟が相好を崩すことはなかった。まっすぐ兄を見て、黙って馬を進めている。

「ま、ええよ。なんぼでも雇えや。銭に糸目はつけるな」

冗談が受けずに若干赤面した秀吉が、頬の辺りを指で掻《か》きながら命じた。

基本的に——秀吉は、浅井家旧臣たちの資質を、大層買っている。

北近江人は、農民から武士まで、概して数字に強い。

北近江の地は、琵琶湖の北岸に位置し、古《いにしえ》より水運の拠点であった。北からは北国街道《ほっこくかいどう》が、東からは東山道がやってきて琵琶湖畔で合流する。北と東の人と物と情報が、この地を経て畿内《きない》へと流れ込んでいくのだ。まさに、交通の要所なのである。その地に住む人々が、商いや計算に長《た》けていることは、むしろ自然の流れで、頭の回転が滅法速い秀吉にはうってつけの土地柄であった。

「上様は、でらええ土地をワシに下さったがね。地の利はある。土地も人もよう肥えとる。是非とも浅井の旧臣たちを手なずけ、羽柴家の基幹とせにゃならんわいな」

「物の役にたつ奴らですからなァ」

「ほうだがや」

四年前の姉川戦では、秀吉も長秀も実際に浅井衆と切り結んでいる。戦ってみてよく分かったことだが、北近江の兵は尾張衆より数段強い。織田家の先鋒《せんぽう》坂井《さかい》政尚《まさひさ》隊、次鋒の池田恒興《いけだつねおき》隊は、わずかな浅井の先鋒隊に突貫され、瞬時に崩れ去った。三番手の秀吉隊がかろうじて支えたが、その後も寡兵の浅井衆に押しまくられたものだ。徳川《とくがわ》が奮闘し、倍の朝倉《あさくら》勢を駆逐しなかったら、あの戦《いくさ》、どう転んでいたのか分からない。姉川戦ではっきりしたことは、尾張衆が滅法弱いという事実だったのだ。

「ふん、なさけねェ話だがね」

と、秀吉は嘆くが、悔やんでいても仕方がない。

「小一郎、ワレ、もっともっと北近江の牢人どもをかき集め、ワシの股肱《ここう》とせいや。浅井衆の血を入れることで、羽柴隊を織田家随一の精鋭にしてくれ。ええな。ガハハハ」

秀吉が大口を開け、顔をくしゃくしゃにして笑った。

秀吉隊は六日の午後、北近江小谷城へと入った。休む間もなく、秀吉と長秀は、本格的に領国の経営に乗り出した。

三

小谷城は典型的な山城である。

比高百三十丈（約四百メートル）余の急峻《きゅうしゅん》な尾根が、家来たちの屋敷が立ち並ぶ清水谷《きよみずだに》を馬蹄《ばてい》形にとり囲んでおり、尾根筋には点々と堅固な曲輪《くるわ》が連なっていた。城域は極めて広く、ざっくり南北十五町（約千六百メートル）、東西に十一町（約千二百メートル）もある。北東部の尾根には広大な本丸があり、城主浅井氏が住まう御殿も山上にあった。ただ、現城主である秀吉は「山城は、不便でかなわん」と尾根上の御殿には入らず、清水谷に残る浅井家重臣の屋敷を仮の御殿として執務に励んでいた。

与一郎と弁造が属する足軽組は、藤堂与吉に率いられ、小谷城大手門の警備についていた。大手門は清水谷の入口にある。背後を振り返れば尾根上の各曲輪をぐるりと見上げる位置関係だ。南へ五町（約五百四十五メートル）先には虎御前《とらごぜん》山《やま》がこんもりとそびえており、彼我《ひが》の間を北国脇往還が南北に走っていた。

虎御前山は、昨年八月の小谷攻めの折、織田側が本陣を置いた小山だ。与一郎自身、小谷城東尾根の本丸から、虎御前山に敵の軍勢が満ちるのを遠望し、臍《ほぞ》を嚙んだものだ。黄色地に永楽銭を染めぬいた織田の幟旗で、山全体が黄色く見えたのを今もよく覚えている。

「まったく人生なんぞ、分からんもんやな」

同僚足軽の市松《いちまつ》が槍の柄に身を持たせながら、溜息まじりに呟いた。

本日は朝から晴天だが、市松のはく息は白い。与一郎と弁造と三人、大手門前で焚火《たきび》を囲んで立ち話――もとい、立ち番をしている。三人とも畳具足に陣笠姿だ。

組の仲間が三、四人ずつ交代で、大手門の立ち番を務めることになっていた。非番のものは城門の上の矢倉《やぐら》に上り、昼寝か博打《ばくち》にいそしんでいるはずだ。極めて悠長な警備振りだが、それもそのはずで、小谷城に攻めてくる可能性のある敵対勢力は、どれも遥《はる》か彼方にいる。もっとも近い加賀《かが》の一向一揆《いっこういっき》でさえも二十里（約八十キロ）から離れている。しかも今は厳冬期だ。ここ北近江にも雪は積もるが、加賀のそれは桁が違う。豪雪を踏んで押し出してくるあほうもおるまい。

だから警護ものんびりとしている。

「兄弟、なにが言いたい？」

弁造が市松に質《ただ》した。

「や、与一郎殿の御無念をゆうただけや」
四、五ヶ月前までは、浅井家重臣の遠藤家当主として立派な屋敷に住み、尾根上の本丸御殿で開かれる軍議にも参加していた与一郎が、今は足軽姿で同じ城の門番をしている——市松はそこに憂き世の無常を感じたものだろう。
「それはわかるが、なあ、兄弟」

と、弁造が市松に近寄り、なれなれしく肩を組んで怖い顔を近づけた。市松が怯《おび》えている。

「かつてうちの殿が、遠藤与一郎と名乗ったことは内緒にしといてくれや。あまり『与一郎殿の御無念』とか他所《よそ》でゆうてほしくねェわけよ」

「俺は気をつけるけど……元浅井衆なら誰も彼も気づいてるぜ。言わねェだけでよォ。だって、遠藤の若殿様は家中でも色々と目立っておられたからのう」

弓と馬の名手で名門家の当主、しかも美男だ。自然に目立った。それが今は落《らく》魄《はく》しての足軽奉公——これでは、さらに耳目を集めてしまう。

「俺は無念になんぞ感じておらんわい。気軽な足軽暮らしを楽しんどる」

最後は、与一郎が話を引き取った。

「す、済みません。以後、気をつけます」

「兄弟、いいってことよ」

と、与一郎は笑顔を見せ、弁造に絡まれ萎縮する市松の肩を優しく叩いた。

「ん？」

見れば、北国脇往還を二騎の騎馬武者がこちらへとやってくる。三人の番兵は一応、門前で槍を構えた。ただし、門扉は開かれたままだ。

矢倉門の上から小頭の藤堂が顔を出した。

「与一郎、あれは御近習の佐伯《さえき》様だ。お通ししてよし」

「はッ」

二人の騎馬武者は、三人の足軽の前を行き過ぎた。先を行く「佐伯」とかいう武士の顔に見覚えはなかった。浅井衆なら、名まで知らずとも顔ぐらいは見覚えがあるはずだ。以前から秀吉に仕える尾張者なのだろう。後方に続く武士と目が合った。

「あッ」

互いに声を上げた。阿閉万五郎《あつじまんごろう》に相違ない。

「えッ」

「佐伯殿、済まぬが先に行って下され」

万五郎は、前を行く佐伯に一声かけて、馬の手綱を引いた。

「や、噂は耳に入っていたんや。与一郎殿が羽柴家に仕えておられるとな」

万五郎は馬を下り、与一郎を誘って声が聞こえぬ程度にまで大手門から遠ざかり、その上で話しかけてきた。

「十月の末からですから、二ヶ月《ふたつき》と少しになります」

チラと目をやれば、大手門前で弁造と市松が心配そうにこちらを窺っている。矢倉門の上からは、藤堂も見ている。

(あほう。心配など無用や。たとえ口論から斬り合いになったとしても、万五郎ごときに俺は負けけん)

さすがに槍は弁造に渡してきたが、左腰の打刀を確認した。数物だが、相手は甲冑《かっちゅう》姿ではない。切れば斬れる。

「昨年の十月か……与一郎殿と最後にお会いしたのも、その頃でしたね」

「はい、万福丸様をお渡しする折に……あの、はい」

さすがに凍える沈黙が流れたが、やがて——

「与一郎殿、これだけはゆうておくぞ。拙者は一切知らされておらなんだ。上様は……信長公は、万福丸様を許すお積もりと確かに伺っておった。嘘はない。まさか首を刎《は》ねた上で獄門とは、あまりのことに言葉も出なんだ」

「はあ、然様ですか」

どう答えていいものか、よく分からなかった。本当かも知れないし、嘘っぱちかも知れない。

「あの急死した安達佐兵衛という悪党の独断だと今は思うとる。拙者は騙《だま》されたのでござるよ」

「なるほど」

一応は頷いた。

（おいおい万五郎殿よ。少なくとも秀吉は、おまいのことを「安達佐兵衛の手先」とゆうとったぞ）

ただ、その秀吉も腰が据わらない。

阿閉万五郎は、信長の直臣である。死んだ安達佐兵衛とともに秀吉の寄騎《よりき》となっていたに過ぎない。それが今は、いつの間にやら秀吉のお気に入りの側小姓として、旧浅井衆の中ではかなり厚遇されているらしい。阿閉の領地はそのまま安《あん》堵《ど》され、一族は今も琵琶湖を望む山本山城《やまもとやまじょう》で優雅に暮らしている。昨年の暮れ、秀吉は与一郎に「万五郎が、万福丸を裏切った」旨を匂わせていた。少なくとも、万五郎という人物を信用していない口ぶりだったのだ。それが今の厚遇ぶりはどうしたことか――

「ふん、妹の尻でのし上った男よ」

片桐助佐をはじめとして、浅井家の旧臣たちの間ではもっぱらの噂である。秀吉は好色だ。「名門の娘で美貌」と聞くとすぐに興味を持つ。そこに万五郎が目をつけた。古豪阿閉家の令嬢で、容姿端麗な妹の於絹を秀吉に取り持ったのである。秀吉は於絹を寵愛《ちょうあい》した。今や万五郎は、秀吉の寵姫の兄として大きな顔をしている。

(万福丸様の件は横に置くとしても、なんやかんやで調子のいい男や)

於絹は元々与一郎の許婚《いいなずけ》だった。この時代だから「好いた惚《ほ》れた」でこそないが、互いに憎からず思っていた仲だ。小谷落城の折に、遠藤家と阿閉家は袂《たもと》を分かった。その折に於絹との縁は切れている。ただ、男として複雑な思いが無いと言い切れば嘘になる。

（女を周旋《しゆうせん》されたぐらいで、万五郎のような小才子に甘い顔をする秀吉自体も、大した男ではなさそうや。まったくもって、どいつもこいつも……）

と、心中で苦虫を噛み潰した。

「時に。よく噂で聞くのだが……」

と、万五郎が与一郎の顔を覗き込んだ。

「万福丸様の御首級《みしるし》を取り返したのは、本当に貴公なのか？」

「それは……」

少し迷った。片桐も「万五郎はもう、昔の彼ではない」と吐き捨てるように言っていた。点数を稼ごうと信長に注進するかもしれない。

（どうするかな）

ただ、噂はすでに羽柴家内で広まっている。さらに主人秀吉自身が知っていることだ。今さら隠しても仕方がないと判断した。

「ま、然様です」

「毒矢を使って？」

「はい」

「御首級はどうされた？」

「伊吹山中で荼毘《だび》に付し、遺骨は於市様にお渡し致しました」

「や、実に見事なお振る舞いにござる」

万五郎が笑顔で頷いた。

「御首級奪還の話を聞いたときは快哉《かいさい》を叫んだものや。貴公こそ真の浅井侍。武士の中の武士にござる」

「片桐助佐からもそう言われ申した」

「ああ、助佐か」

万五郎がばつの悪そうな顔をした。助佐は万五郎を嫌っており、彼の性格からして、それを態度や表情に、露骨に出しているはずだ。よほど万五郎は嫌な思いをしているのだろう。ま、自業自得ではあるが。

万五郎が「安達佐兵衛殺し」にまで踏み込んで訊いてくるかと思ったが、そういうことはなかった。話は意外な方向に進んだ。

「それにしても、鎌倉以来の名門遠藤家の当主たる与一郎殿が、足軽奉公なぞを続けてよいはずがない」

と、与一郎の畳具足を指さした。

「拙者の方から、今少しなんとかならないものか、殿をせっついてみよう」

「や、それはご遠慮申し上げます」

慌てて止めた。

「なぜ？」

「秀吉公は、それがしを重く用いるのは、上様の手前『拙《まず》い』と仰せです。なにせそれがし、織田家の武者を幾人か射殺《いころ》しておりますからな。これぱかりは致し方がないと思っております」

「然様か……では、出しゃばることは慎むが……妹の気持ちもあるからな」

「於絹殿の？」

今は秀吉の側室となっている於絹としては、元の婚約者が足軽奉公をしているのは、哀れとも恥辱とも感じているようだ。

「それがしは、羽柴家の家来にござる。於絹殿の御意向を含めて、秀吉公が御判断されることかと存じまする」

「確かに」

と、頷いて後、万五郎は瞬《まばた》きを幾度も繰り返し、掌《てのひら》で顔を盛んになでた。

「な、与一郎殿……」

「はい？」

「話は初めに戻るが……拙者は、万福丸様が処刑されるとは、夢にも思うておらなんだ。安達に騙されたのだ。で、そのこと、貴公は信じて下さるか？」

言いたいことは百万もあった。

しかし与一郎は、長良川の河原で聞いた弁造の言葉を思い出していた。また、万寿丸に会ってきたと嬉しそうに話す於市の笑顔も思い出した。浅井家再興こそが、皆の願い、与一郎の本懐であるはずで、そのためには万寿丸を保護下に置いている秀吉の協力は欠かせない。今この場で「秀吉の寵姫の兄」と諍《いさか》いを起こすのは得策ではなかろう。

（ま、今は臥薪嘗胆やからなァ……ハハハ、これも弁造の言葉か）

与一郎は精一杯の造り笑顔で「我らは幼馴染《おさななじみ》。貴公の言葉を信じまする」と穏便に返しておくことにした。万五郎がその言葉をどう受け止めたか、そこまでは分からない。知りたくもない。

四

藤堂組の足軽小屋は、大手門東側の出丸の中にある。四組の槍足軽の組が交代で大手門を警護しているので、非番のときには出丸に上って飯を食い、ゆっくり眠ることができた。

今宵は上手《うま》い具合に夜の当番がなく、朝まで起こされることなく眠れそうだ。

夕方、与一郎たちは、囲炉裏に湯を張った大鍋をかけ、強飯《こわいい》と芋茎《いもがら》をよく煮て、味噌を加えて食った。これが実に美味《うま》い。気のいい仲間たちと、下卑た冗談を交わしながら食う夕餉《ゆうげ》は格別に美味い。

強飯とは、甑《こしき》（蒸籠《せいろ》）でよく蒸した玄米を指す。強飯を二日ほど天日で干し、保存性を高めたものが干飯《ほしいい》だ。熱湯をかけ、潤《ほと》びさせるだけで食えるので、非常食や携行食として用いられた。玄米をそのまま煮て食うのが姫飯《ひめいい》、空煎《からい》りしたものは焼飯《やきいい》と呼ばれた。与一郎の好みとしては、焼飯が香ばしくて一番好ましい。

「兄弟、客やぞ」

同僚足軽の倉蔵《くらぞう》が与一郎を呼んだ。

「だ、誰や？」

警戒しながら質した。人が訪ねてくると、つい腰が引けてしまう。和音の恐ろしげな眼差《まなざ》しを思い出すからだ。ここは小谷城で、岐阜からは十数里も離れている。和音が訪ねてくるはずもないのだが——

「側小姓の片桐さま」

「ああ、なんだ助佐ね……はいよ」

安堵し、味噌粥《がゆ》の木椀《もくわん》を置いた。

「すぐに戻る」

隣で粥をすすっている弁造の肩を、ポンと叩いてから席を立った。

「あ、殿……実は身共も、小丸に野暮用がござる」

「小丸に？　何用だ？」

小丸は長政公の実父、久政公終焉《しゅうえん》の地である。小谷城の東尾根にある曲輪だ。

「無沙汰になっておった朋輩と再会できるやも知れません」

「朋輩って誰や？」

「古い知り合いですわ」

「ま、ええわ。暗くなるから足元に気をつけてな」

と、囲炉裏端を後にした。

足軽小屋の外に出ると、まだ残照が残っており、暗いという感じはない。

片桐助佐は小柄な武士を一人連れていた。歳《とし》の頃は十五、六か。表情に賢さと冷静さが表れている。如何にも北近江人風だ。

「夕餉のところ、済まんかったな」

幼馴染の片桐が笑顔を見せ、早速小柄な若者を紹介した。

「こいつは側小姓の仲間なのやが、どうしても一度おまいに会わせいと申すので連れて参った……石田佐吉《いしださきち》や」

この若者もまた浅井の旧臣で、北近江は坂田石田村の小領主の倅だという。片桐や与一郎、さらには万五郎とも「似たような出自」ということだ。石田村は琵琶湖畔から東へ一里（約四キロ）ほど離れている。横山西麓の開けた田園地帯だ。比高七十丈（約二百十メートル）の山頂にある横山城には、与一郎自身、長政公の命を受けて幾度か使いに行った覚えがある。

「石田佐吉にございまする」

と、士分が足軽に向け、丁寧に頭を下げた。

「お、大石与一郎にございます」

恐縮して、こちらも深々と頭を下げた。

すでに片桐から聞かされていると見え、名門遠藤家の与一郎が、大石姓を名乗っていることにつき改めて質されることはなかった。

「この石田佐吉は、拙者なんぞと違い頭脳明晰《めいせき》でな」

片桐が、与一郎の耳元に口を寄せ囁いた。

「わけても数字に強い。小姓として秀吉公から特に目をかけられておる。知り合いになっておいて損はない」

三人は、足軽小屋から土塁の端まで歩いた。この出丸からは、大手門正面の虎御前山と琵琶湖畔の山本山が邪魔となり、琵琶湖の姿はかすかに覗く程度しか見えない。勿論、尾根上の各曲輪からは、湖面がよく見渡せる。本丸からの眺めなどは絶景だ。ちなみに、山本山界隈は万五郎の阿閉家の領地である。

「片桐殿から、貴公が万福丸君《ぎみ》の御首級を奪還し、仇の安達佐兵衛を討ちとった旨を伺いました」

石田が小声で囁いた。土塁の周囲に人影はないが、ことがことだけに配慮してくれたのだろう。

「貴公は浅井家旧臣の誇りにござる。武士の中の武士にござる」

(参ったな……もう、秘密でもなんでもなくなっとるわ)

とは思ったが、一応は与一郎も声を絞った。

「郎党の力を借り、なんとかやり遂げ申した」

「闇に潜み、毒矢を用いて二十人からの織田の衛視を射殺《いころ》されたとか?」

「二十人は過大にございます」

慌てて打ち消した。噂が独り歩きすれば、いずれ百人からの軍勢を一人で撃退した武勇伝になってしまうだろう。

「番卒は十名ほど。その内の幾名かは逃げ去りましたゆえ、それがしが射殺したのは、せいぜい三、四人にございましょう」

実際に射殺したのは六人だ。一人は弁造が倒し、二人は逃亡し、最後の一人は情けをかけて逃がしてやった――これで十人だ。

「鏃《やじり》にはなにを塗った？　トリカブトか？」

横から話に割って入ってきた片桐に、返事代わりに目を見て頷いた。

「毒矢なんぞと、そんな悪知恵をどこで仕込んだ？」

日本の武士――殊《こと》に士分は、毒矢を使いたがらない。どこかに「卑怯《ひきょう》」との思いがあるのだろう。勿論例外もあり、武田家などは比較的にそれをよく用いた。

「山で会った猟師から教わった」

少し考えてから答えた。

万が一にも迷惑がかかってはいけないから、於弦の名は伏せた。越前敦賀の於弦――猟師といっても髭面《ひげづら》のむさい山男ではない。彼女は若く美しく、そして滅法気が強い。

「貴公が毒の鏃を使えば鬼に金棒。さらには夜の闇まで味方につけたんや。織田の番卒どもなど、一たまりもなかったろうよ」

片桐が痛快そうに笑った。

「拙者も遠藤殿と申せば、弓と馬の名手と、かねてより伺っておりました」

石田が尊敬と羨望の眼差しで与一郎を仰ぎ見た。体軀《たいく》を見る限り、石田はそう体技に優れた性質《たち》ではなさそうだ。

石田も浅井家の家臣だったのだが、名も顔も覚えはない。会うのは今日が初めてだ。ひょっとして、戦場や小谷城内で一度か二度すれ違ったかも知れないが、その程度だ。なにせ浅井家は、北近江三十九万石の大守だった。戦となれば一万人弱の軍勢を動員する。一万人ともなると、浅井家の家士同士でも、互いに顔を見知っている者は高が知れていた。

「な、助佐。むしろ俺の方から訊きたいのやが……織田家内における俺の立場は、今どうなっておる?」

「どうとは?」

「だからさ……」

万福丸の首級奪還の件は、羽柴家内で相当に広まっている。最早《もはや》、秘密とすら言えないだろう。

「ま、それはそうやな」

「このこと、信長公のお耳にも入っていようか？」

「どうかな」

「そりゃ、入っとりますよ」

石田が、少し考えてから私見を述べた。

「信長公は、殊の外猜疑心《さいぎしん》のお強い大将にござる。疑いの目は敵はおろか家臣にまで向けられる。家来衆の動静を探る横目《よこめ》が、数多く各隊に配置されておるやに伺ってござる」

件の安達佐兵衛も、秀吉の動きを見張る「上様の間者《かんじゃ》であった」と秀吉自身が語っていた。

「信長公の耳にだけ噂が届かないとは、考えられませんでしょう」

「まあな」

「なるほど、確かに」

片桐と与一郎は、石田の分析に賛同した。

「刑場に掲げられた獄門首を奪い」

与一郎が話を引き取り、さらに続けた。

「番士を射殺すのは重罪やろう。ならばなぜ、俺は捕まらん？」

百歩譲って、昔の仲間である浅井の旧臣たちが「密告しないでいてくれる」のは分かるし、有難いことだとも思う。でも織田家は元々尾張の大名だ。新規に召し抱えられた朝倉や他家の旧臣たちも多かろう。彼らはなぜ、咎人《とがにん》である与一郎を捕まえようとしないのだろうか。

「知るかい。神仏の御加護かなんかやろ」

呑気《のんき》な片桐が笑った。

「拙者が思いまするに」

石田は、今回も少し間を置いてから語り始めた。勢いで軽率に発言することを嫌い、よく考えてから話し出すのは石田の癖、乃至《ないし》は信条なのだろう。

「そこは信長公も困っておられるのでしょう。なにせ、大石殿の刑場襲撃があまりにも鮮やかにすぎた」

鮮烈に忠義を実行し、家内で広く称賛を受けている浅井の忠臣を、信長が捕縛し、罰するわけにもいかず、信長は当惑していると石田は考えるのだ。

「信長公ご自身が忠義を軽んじておられると受け取られると一大事。織田家は立ち行かんようになりまする」

忠義は、上位者にとって極めて好都合な徳目だ。

家来に命令を下し、自在に操るためには不可欠な倫理規範である。これを自ら否定する大将や大名はいない。己が拠《よ》って立つ基盤を、自ら破壊するにも等しいからだ。

信長は、忠義者の与一郎を罰することができない。さりとて罪人には違いないので、これを公に称賛することもできない。仕方なく「秀吉に与一郎を預けたま」ま、様子を見ている」と石田は分析してみせた。

「なるほど」

「確かに」

与一郎と片桐は、またしても同時に頷いた。この小柄な才子の論には、妙に説得力がある。冷静に筋立てて話すから、分かり易いところがいい。

（いずれにせよ一安心《ひとあんしん》や。信長がそういう料簡なら、ビクビクしながら暮らさんでもええやろ）

ただ、ここから先は与一郎次第だ。戦場で武功を挙げれば「さすがは忠臣」と名声はさらに高まり、信長は与一郎に手を出し辛《づら》くなる。

（逆に、失敗や卑怯な振る舞いがあると、忠臣のお題目もきかんようになる）

そうなったら最後、信長は「刑場破りの咎人」かつ「足軽大将謀殺の咎人」として与一郎を捕縛、厳しく罰してくるはずだ。

「なにしろでござる」

石田がさらに言葉を継いだ。

「武家の世が続く限り、忠義を掲げて戦えば百戦して危うからず。忠義は、鎌倉以来の錦旗《きんき》にも等しい徳目にござる」

錦旗とは、官軍（天皇の軍隊）の先頭にはためく錦《にしき》の御旗《みはた》を指す。かの承久《じょうきゅう》の変の折、鎌倉討伐軍に後鳥羽《ごとば》上皇が与えたのが初めとされる。

（錦旗やと？　錦旗ねェ）

若干の違和感を覚え、おずおずと訊《たず》ねてみた。

「石田様の御説をお言葉の通りに受け取れば、忠義は、戦に勝つための便法のようにも聴こえまするが、そこは如何に？」

「戦に限らず。議論に勝つにも、敵を調略するにも、領地を統《す》べるにも有効にござる。およそ徳目と申すものは……」

仁義、信義、礼儀、さらには孝養や正直、親切——徳目の種類は多い。

「世間の秩序を保つのに、極めて有効な道具やと思いまする。その使い方一つで、侍の器量は決まりましょう」

「……なるほど」

納得はしていなかったが、一応は頷いておいた。

（この石田佐吉という男……俺なんぞより頭がいいのは認めよう。ただ、石田の思う忠義と、俺のそれとは少し違っているような気もするなァ）

与一郎の思う忠義は、もう少し情緒的な印象だ。主人に対する憧れや尊敬の念がどこかに含まれている。ま、世の中には不出来な主人もおろうから、憧れや尊敬の念は抱けなくとも、根源的な倫理的規範だと捉えている。それを「道具」と形容しきることには、大きな躊躇《ためら》いを感じていた。

「ハハハ、佐吉の持論が出たな」

片桐が石田の肩をつっついて笑った。

「こいつは、秀吉公の前で今の自説を展開してな。それを聞いていた秀吉公は、深く頷かれ、粒金を一摑《ひとつか》みくれたんや」

「ほお」

と、与一郎が溜息をもらした。

粒金とは、不揃いの小さな粒状の金塊である。数ではなく重さで価値が決まる秤量貨幣《しょうりょうかへい》だ。仮に「秀吉の一摑み」が、ざっくり百匁《もんめ》（約三百七十五グラム）だとする。戦国期の金の価値を、一匁（約三・七五グラム）当たり三万八千円で計算すると、一摑みの金塊は永楽銭三十八貫文（約三百八十万円）の価値だ。秀吉、なかなかに太っ腹である。

（それだけの褒美を与えるからには、忠義に対する認識は石田佐吉に近いということやろう。俺のそれとは距離がありそうや）

と、心中では思っていた。

五

夕陽が小谷城西の峰に隠れた頃、片桐たちと別れて足軽小屋へと戻った。小屋の外まで、室内で皆が談笑する声がもれている。

（なんや。楽しそうやな）

板戸を開いてみて驚いた。弁造が――なんと見覚えある六角棒を構えている。

「おまいが、無沙汰になっておった朋輩って……それか」

「へへへ、御意ッ」

弁造が笑顔で頷いた。

長さ一間半（約二百七十センチ）、先端部には数多の鉄鋲《てつびょう》を打った長大な六角棒だ。重さが二貫（約七・五キログラム）あり、これでまともに打たれると甲冑を着ていても肉が裂け、骨が外れる。

弁造は長くこの得物《えもの》を愛用していた。しかし先年八月の小谷落城の折、浅井久政公の書状を本丸に届けるために小丸を脱出したとき、「邪魔になるから」とその場に置いてきたのだ。その直後、小丸は攻め落とされた。

よい武具は、敵側に戦利品として鹵獲《ろかく》されるのが常だが、弁造ほどの膂力《りょりょく》がないと、重さ二貫の得物は扱えない。それで、小丸の武器庫に今まで放置されていたらしい。

「武器庫の重い扉をギシリと開けたとき、どこからか『待ち草臥《くたび》れましたぞ』と恨みがましい声が確かに聞こえたのですよ。ほったらかして可哀《かわい》そうなことを致し申した」

弁造が、満面の笑みを浮かべ、六角棒を愛おしそうに撫でた。

「これで鬼に金棒ならぬ、弁造に六角棒ですわ！」

「ならば、表に出て振り回してみろ。長く使わんうちに膂力が衰え、振れんようになっとるかも知れんぞ」

「そうですな。それは不安ですなァ」

六角棒を抱えた弁造を先頭に、一同うち揃って表へ出た。

ブン。ブン。

薄闇の中、弁造が幾度か素振りをくれた。空気を切り裂く、殺気立った音が鋭く伝わってくる。弁造の膂力が衰えた気配はないようだ。

「おい、おまいら……」

背後で藤堂与吉の声がした。

「素振りを幾らくれても、腕が鈍《なま》ったかどうか、本当のとこは分からんやろ」

懐手《ふところで》をしながらニヤニヤと見ている。この小頭、百年も生きているような太々《ふてぶて》しい面構《つらがま》えをしているが、実はまだ十九歳で、与一郎と同い歳だ。

「おい与一郎、おまい、弁造の相手をしてやれ」

「や、小頭、無茶ですよ」

繰り返すが、弁造の六角棒に叩かれると、甲冑を着ていても肉は裂け、骨が外れる。ましてや小袖一枚で立ち合うなど自殺行為だ。

「ほうかい。残念やなァ……おまいらも見たいやろ？」

藤堂が、周りを取り囲む配下の足軽たちに水を向けた。

「まあ、ね」

「そりゃ……ねェ」

仲間たちも本音では「御首級奪還の与一郎」と「山賊あがりの弁造」との真剣勝負が見たいのだ。他の足軽小屋からも足軽たちが顔を出し、集まり始めた。ちょっとした見世物のようになっている。

「ねェ殿……」

「なんや？」

弁造が半笑いで呼びかけ、与一郎が苛々《いらいら》と答えた。

「こうなったら、今さら退《ひ》けんでしょ」

「あほう」

与一郎は完全に苛立っていた。この勝負、絶対にやりたくない。決して弁造と六角棒が怖いわけではなく、理由はもう少し複雑だ。そもそも、与一郎は弁造の主人である。仮にも立ち合うからには、負けるわけにはいかない。

（そうや。こんな人前で、家来と競って負けられるかいな）

たとえ勝っても、どうせ「家来が勝ちを譲った」ことになるのだろう。何の自慢にもならない。勝っても負けても、己の価値を下げるだけだ。

（こんな勝負、やらないに越したことはない。ここは逃げの一手やな）

と、冷静に判断したところで、弁造がニヤリと笑った。

「大丈夫、主《あるじ》にお怪我《けが》はさせませんよ。手心を加えますから、へへへ」

「な、なんやと！」

煽《あお》る弁造の一言で頭に血が上り、冷静さは吹き飛んでしまった。与一郎は若いし、血気は盛んだ。

「おい倉蔵、槍を持ってこい！」

「へいッ」

倉蔵は足軽として同僚のはずだが、激怒中の与一郎に小腰を屈《かが》め、槍をとりに足軽小屋へと駆け込んだ。この辺には、生まれながらの格の差が出るのだろう。

「御前に」

倉蔵が長さ一間半（約二・七メートル）の直槍《すぐやり》を差し出した。

（長さだけはあほうの六角棒と同じやけど。まともに受けたら、へし折られる

な)

なぞと胸算用しながら槍を前後にしごき、鞘《さや》をふるい落とした。薄闇の中で鋭利な穂先が鈍く光っている。

「小頭、ええんですか？　本当に命の遣り取りになりますよ」

一応、念を押しておいた。

「おお、構わんぞ。正々堂々とさえやれば、後の責めはワシが負う」

(ああ、こっちも相当なあほうやな)

と、心中で毒づきながら、再度弁造に向き直った。

「こら弁造！」

「はッ」

「おまい、最前抜かした『手心云々』だけは撤回しろ。俺ァ立ち合うからには殺す気でやる。おまいを刺し殺した後に、世間から『弁造は本気でなかったから負けた』とかゆわれたら心外や」

「なるほど……殿さえよろしければ、本気でやらせて頂きます。手心など一切加えません」

「おう、殺す気でこいや！」

そう叫ぶと同時に、双方一歩跳び退き、得物を構え、腰をわずかに落とした。

「おお……」

取り囲んだ野次馬たちから、低い声が上った。気づけば二、三十人が集まってきて見物している。

弁造は右前半身《みぎまえはんみ》で、肘を伸ばした大上段に六角棒を構えている。与一郎がわずかでも動けば、即座に上から叩ける体勢だ。一方、与一郎は直槍を中段に構え、穂先は弁造の喉元を狙っている。

(踏み込まれて、腰の高さで六角棒を横に薙《な》がれるのが一番嫌や。跳んでも、しゃがんでも逃げようがない。槍の柄でまともに受けるとへし折られる。その段階でもう詰みや)

そう思う間もなく、弁造が一歩前へと踏み込んだ。

(あかん、くる)

与一郎、慌てて二歩跳び退く。

(どうしても槍の柄で受けるなら、斜めにして受け流すことや。力を逃がして柄が折れるのだけは防ごう)

「おいさッ」

裂帛《れっぱく》の気合《きあい》とともに、また六角棒が振り下ろされた。与一郎、さらに大きく跳び退いた。

(弁造の体勢が崩れた。今や!)

と、槍を突き出そうとした刹那《せつな》、空を切った六角棒の先端が地面を強《したた》か叩き、その反動で跳ね上がって即座に元の大上段の構えに戻ってしまった。

(ほう、こういう芸当もするんかい)

双方が膠着《こうちゃく》した。

「こら弁造!」

間合いを測りながら声をかけた。

「おまい、日頃は忠義面しとるくせに、なぜ今日に限って俺とやり合う気になった? なんぞ不満でもあるのか?」

「不満なんぞございません」

弁造がジリジリと間合いを詰めてきた。すかさず与一郎が退く。

「前から一度、飛道具なしで勝負してみたかったんですわ」

以前弁造は、与一郎の蟇目矢《ひきめや》(鏃《やじり》を外した鏑矢《かぶらや》)に額を射られ昏倒《こんとう》している。完敗したことで降参し、以来山賊から足を洗い、与一郎の家来となった。

「弓でこそやられたが、打物同士でやり合えば、どう考えても身共が負ける気はしねェ。主だ家来だは抜きで、一度男と男として決着をつけたかったんですわ」

「あほう。山賊の自己流で武士に勝てるかい」

　そう憎まれ口を叩きながらも、目の端で必死に間合いを測った。

（段々暗くなっていくな。闇は俺に不利だ。なにせ元は山賊、夜目は弁造の方がきく。間合いは十分だ。ここは一発で勝負を決めよう）

　頃合いやよし。

「そりゃッ」

　と、直槍を弁造の顔を目がけて小さく突き出した。正面から向かってくる穂先は距離感が摑み難《にく》いものだ。しかも薄暗い。弁造は顔を背け、六角棒で槍を受け流そうとしたが、もうすでに与一郎は穂先を引いていた。この突きは陽動だ。あるはずの槍がなくなっており、六角棒が空を切った。

「うッ」

　慌てた弁造が体勢を立て直そうとした瞬間、神速で二歩踏み込んだ与一郎の槍が、弁造の首にピタリと突き付けられた。穂先と喉の距離、わずかに二寸（約六センチ）。

「勝負あった！」

小頭の藤堂が叫び、立ち合いを止めた。

六

「おい兄弟、あんたに客やぞ」

「ま、またかいな」

井戸端で具足下衣を洗っていた与一郎に、同僚足軽の義介《ぎすけ》が声をかけた。この義介も市松や倉蔵と同じ北近江の出身で、与一郎とはなにかと話が合った。弁造を含めて北近江出身者五人でつるむことが多い。さしたる才人も豪傑もいないが呑気で気のいい男だちだ。

「で、誰や？」

和音のせいですっかり相手が誰かと聞き質すのが習い性《しょう》になっている。

「側小姓の石田様や」

（ああ、昨日の今日かい……なんやろ？）

「おう、すぐ行く」

と、洗濯物を置いて立ち上がった。

石田佐吉の用向きは――秀吉からの呼び出しであった。

躊躇いがあったが、主人に呼ばれたからには行くしかあるまい。石田に連れられて、秀吉が御殿として使用する清水谷《きよみずだに》の武家屋敷へと赴いた。

「ワレ、越前に乳母がおるんか？」

秀吉は二人の小姓に手伝わせ、文机《ふづくえ》で執務中であった。相も変わらず言葉が粗雑で声が大きい。尾張中村の百姓の出自そのままだ。ただ、どんなに品性下劣でも秀吉は十二万石の太守である。一方、与一郎は足軽にすぎない。居室に入ることは遠慮し、庭に面した広縁に畏《かしこ》まっていた。

「於市様から聞いたわ。敦賀におるのか、乳母は？」

「然様にございまする」

と、平伏した。秀吉は、小袖《こそで》に指貫《さしぬき》をはき、錦《にしき》地の豪華な胴服《どうふく》を着ている。胴服とは「長めの羽織」を想像して頂きたい。装束は大名の普段着姿で可笑《おか》しくないのだが、小柄な体軀に、ゆったりとした胴服や指貫がどうにも合わない。まるで小猿が人の服を着てふざけている風にも見える。

「別嬪《べっぴん》か？」

「は？」

「おみゃあの、乳母は、別嬪かと、訊いとるのよ」

一言一句を区切って、大声で繰り返された。執務を手伝う二人の小姓は、吹き出すのを必死で堪《こら》えている。

（それをこの場で、俺に質してどうしようというのか？）

と、腹立たしかったが、問われたからには返さずばなるまい。

「若い頃は大層美しかったやに聞いておりますが、なにせもう四十少し前で、さすがに今は……」

紀伊《きい》の福々しい丸顔を想起しながら答えた。

「たァけ。女は四十から味が出るのよ、ヒヒヒ。与一郎、ワレ知らんのか」

（この前は、女は若いに限ると抜かしとったではないか！　この猿顔の道化が）

返すべき適当な言葉が見つからず、只々《ただただ》平伏した。秀吉、聞きしに勝る色好みである。否々《いやいや》、色好みは褒め過ぎだ。この小男、単なる色魔に相違ない。

（於絹殿、こんな色魔の慰み者になって……お労《いたわ》しい）

与一郎は、元許婚者《いいなずけ》の身の上に同情を寄せた。

「ま、ええわ……おみゃあ、越前にゆけや」

「はい？」

どうにも話の先が見えない。旧主浅井長政とはえらい違いだ。長政公は、家来に命を下すときでも、分かり易く順序だてて話してくれたものだ。そこへいくとこの中村のド百姓は――

「越前の雲行きが怪しい。ワレ、土地勘があるんやろ。潜行してチラッと視《み》てこいや」

「潜行にございますか……それはつまり、間者とか物見のようなお役目にございましょうか？」

「ほうだら」

と、文机上の書類から目を離さずに頷いた。

(困った。戦場で戦えと命じられれば、それなりにやれる。だが、隠密《おんみつ》働きなどやったことがない、なにをどうすべきか見当もつかない)

「隠密働きのようなお役目は、それがし、やった覚えがございません」

「それで？」

「他に適任者と申しますか、経験のある方がおられるかと」

「ふ〜ん……」

秀吉は執務を中断し、鼻白《はなじろ》んだ様子で与一郎に向き直った。

「ならばワレに訊こう。おみゃあは過日、刑場を襲い万福丸殿の御首級を奪還したのう」

「あの……」

人聞きの悪いことを、大声で言われた。与一郎は、慌ててあたりを窺った。この場には、太刀持ちの小姓の他に、事務を手伝う小姓が二人いる。

「その上、幼君の首を刎ねた安達佐兵衛を、卒中に見せかけて絞め殺した」

「で、ですからそれは……」

「やってねェのか？」

「あの……」

「やってねェのかァ！」

いきり立った。

仕方なく平伏した。

「や、やりました」

「ワレは、以前からちょくちょく刑場を襲ってたんか？　卒中に見せかけて人を絞め殺したこともあったんか？」

「滅相もない」

「ほう、では今回が初めてだったんやな？」

「御意ッ」

と、さらに平伏した。まるで米搗《こめつ》き飛蝗《ばった》だ。

「たァけ！」

秀吉が掌で己が膝をパシリと叩き、さらなる大声で一喝した。

「ワレは浅井家のためなら『やった覚えがねェことでもちゃんとやる』が、ワシのためには『やった覚えのねェことは出来ねェ』と抜かすかや！」

「とんでもない」

駄目だ。議論の先は見えた。これはやるしかあるまい。

「ではやるか⁉」

「やらせて頂きまする」

「どうせ嫌々やるのであろうが⁉」

「いえ、是非ともそれがしにお任せいただきとうございまする」

思わずまた平伏した。

「ほうかい。そこまで言うなら、任せんでもねェがや」

ここで秀吉が相好を崩した。

いとも簡単に越前潜行が決まってしまった。まるで狐《きつね》につままれたようだ。

「こら与一郎。面倒くせェ役目、小難しい役目、危ねェ役目を命じられたら、むしろ好機と喜ばにゃあかんわ。横着《おうちゃく》しとったら、生涯足軽身分から抜け出せんようになるど。違うか？」

「ははッ」

「それともワレ、ワシの家におるのは、浅井家を再興するまでの腰掛けぐらいに思うとりゃせんだろうのう？」

「そのようなことは断じて思っておりません」

と、否定はしたが、図星である。その通りだ。生涯を通じてこの小男に仕えるなど御免蒙《こうむ》りたい。

「ハハハ、おみゃあは嘘が下手糞《へたくそ》だのう。面《つら》に『その通りにございまする』とはっきり書いてあるがね」

と、冷笑された。

「ええか与一郎、浅井家を再興したかったらワシに忠誠を尽くせ。おみゃあの働きはワシの働きにもなる。ワシが今より偉くなれば、上様もワシの希望を無下にはできんようになる。浅井家再興の目が出てくるがや」

（確かに、一理ある）

「与一郎、こっちへいら〜せ」

秀吉が扇子の先で差し招いた。廊下から畳の上へと遠慮がちに上がったが、さらに「もそっとこちらへ」と呼ばれ、膝でにじり寄った。

「たァけ。ここまで来いや。内緒話ができんがね！」

と、扇子で己がすぐ前の畳を数回叩いたので、仕方なく文机の傍らまでにじり寄った。

「ワレ、傍で見ると、なかなか綺麗な面をしとるのう」

と、顔を寄せ、覗き込んできた。息がかかるほどの距離だ。

「え」

少し退いた。与一郎は美男である。今までにも同性から色目を使われた経験が幾度かあった。ちなみに、与一郎は衆道《しゅどう》に興味がない。弁造は「宝の持ち腐れ」だとからかうが、そういう弁造にもその気はない。

「たァけ。露骨に嫌そうな面をするな」

秀吉の表情が切なげだ。

「ワシでも傷つくわ。安心せい。いくら美男でも、野郎のケツに興味はねェわ」

――よかった。与一郎としてはホッとした。

「まったく、もう……」

主従の間に気まずい沈黙が流れた。背後に控える三人の側小姓が、笑いを必死に堪えている。

「ま、ええわ……話は他でもねェ。おみゃあが潜行する越前のことよ」

と、秀吉は状況を小声で説明し始めた。


信長が秀吉に期待する役割は多岐にわたる。北近江の人心の安定。琵琶湖や北国街道を通じての商業利益の確保。旧朝倉領である越前の監視――秀吉としては、詳細な情報収集に日々励まねばならない。これが大前提である。

現在、越前の政治状況は極めて不安定だ。

信長の信頼を勝ち得て越前守護代に補任された桂田《かつらだ》長俊《ながとし》が、どうもいけない。

「朝倉衆から……つまり元の仲間から、ドえろう不人気でのう」

秀吉が、苦虫を嚙み潰したような顔で言った。

「やれ『苛政を敷いた』の『増長し、偉そうにしておる』のと様々な悪口雑言が上様の元に寄せられとるそうだわ」

中でも越前府中（現在の越前市）龍門寺《りゅうもんじ》城に拠る富田長繁《とんだながしげ》は、桂田批評の急先鋒である。今年二十四歳の若者だ。通称は弥六郎《やろくろう》。身の丈六尺（約百八十センチ）を超す偉丈夫で、性格は苛烈。日輪に三日月の兜を被《かぶ》って戦場に出れば、敵も味方も震撼とさせる荒武者だ。

「桂田と富田を軸に、朝倉一門衆の安居景健《あごかげたけ》、大野を治める朝倉景鏡《あさくらかげあきら》、鯖江《さばえ》の魚住景固《うおずみかげかた》……」

さらには織田家より派遣された三人の代官衆――津田元嘉《つだもとよし》、三沢秀次《みさわひでつぐ》、木下祐久《きのしたすけひさ》、これらの有力者が互いにけん制し、睨み合っているのが現在の越前国なのであるそうな。

ただ、秀吉の見るところ、どの実力者も単独で越前横領に動けるほどの力も覇気も持っていない。となると、合従連衡《がっしょうれんこう》がどのような形で行われるのか、或《ある》いは行われないのか、が重要になってくる。

「なるほど」

「おみゃあは、敦賀の乳母の家を拠点に、越前の内情と実状をつぶさに調べてワシに報告せよ。仔細《しさい》は小一郎から訊け。以上。行ってよし」

と、文机に視線を戻し、執務を再開してしまった。

「あの……お叱りを覚悟で申し上げまするが」

「なによ」

こちらを見ずに、執務を続けながら返事だけを返した。

「そのような大事な御役目を、それがしのごとき素人、それも若輩者の足軽に命じられても困りまする。伏してお願い致しまする。どなたか他に……」

「心配せんでもええ」

筆をとって花押《かおう》を描きながら、秀吉が与一郎の言葉を遮った。

「おみゃあだけを越前に送るわけではねェ。でら沢山の隠密を放つ。ワレはその中の一人よ」

秀吉の隠密衆は、互いに名も顔も知らない。現地で援《たす》け合うこともしない。各自が情報を持ち帰り、別々に報告するのだ。数十も集まったバラバラの情報を総合する中で、現地の実相を摑む――

「それがワシのやり方だがね」

秀吉が与一郎を見ずに笑った。

「与一郎、ワレ、どう思う？」

「畏れ入りましてございまする」

と、改めて平伏した。

与一郎にとって、於弦に再会できる越前行きは有難いし、正直嬉しくもある。

ただ、浅井家再興と信長誅殺《ちゆうさつ》という目的を背負い込んだ今、敦賀で木村家の婿となり、於弦の亭主として穏やかに暮らす約束は反故《ほご》にするしかない。

「あの気性の強《こわ》い女子に、どう説明すべきか……」

毒矢を自在に操る烈女の激怒を思い、不安に駆られる与一郎であった。

第二章　越前騒乱――富田《とんだ》の一ヶ月天下《ひとつきてんか》

一

「お供致しまする」

まだ薄暗い中、弁造に一声かけ、与一郎は歩き始めた。

天正二年（一五七四）一月八日。払暁《ふつぎょう》とともに、琵琶湖北岸の塩津浜《しおつはま》を発ち敦賀を目指す。古《いにしえ》より「塩津街道」とも「五里半越《ごりはんごえ》」とも呼ばれてきた往還だ。五里半（約二十二キロ）と銘打っているが、実際のところ五里（約二十キロ）まではない。道のりが長く感じるほどに「峠越えがつらい」ということか。

「ほな、いくで」

「おまい、これから峠を越えるんやぞ。それ、邪魔にならんのか？」

与一郎が、六角棒を大事に抱える弁造をからかった。

主従ともに畳具足を包んだ風呂敷を背負い、小袖に伊賀袴《いがばかま》。頭には菅笠《すげがさ》。羽織の上には蓑《みの》を着込んでいる。重装備だ。北近江も雪は多いが、敦賀の山間部はすでに雪国と言っていい。根雪もある。寒さへの備えは欠かせない。

「ゆうときますが……この六角棒、もう二度と手放しませんわ。長く生き別れになっていた恋女房と、やっと再会できた気分ですのや」

と、重さが二貫（約七・五キロ）もある「太目の恋女房」を愛おしそうに撫でさすった。

「今回のお役目は隠密やぞ。そんな馬鹿でかい得物、目立ち過ぎるわ」

「殿こそ大層なお弓や……それ目立ちますで。ここに置いていきなされ」

「あほう」

与一郎も大弓と箙《えびら》一杯に詰めた矢を抱えている。極めて物々しい。目立つのはどちらも一緒だ。この時点ですでに、隠密向きではない二人であった。

「兎に角なんとゆわれても、この六角棒だけは持って参じます。たとえ主命でも手放しまへん」

弁造が顎を突き出し、目を剝いた。

「そこまでゆうなら……仕方ないのう」

主命でも拒否するとは穏当でないが、二人の間には昨年以来「御恩と奉公」の封建的な関係性が成立していない。弁造は律義に仕えてくれているが——稀《まれ》に、六角棒を振り回し、武威を競ってきたりもする——彼に俸給を与えているのは与一郎ではなく秀吉なのだ。与一郎としても、主人面してそうそうに強いことは言えない。

背後の琵琶湖が、段々と遠退いていく。

山間《やまあい》を縫うようにして流れる大川《おおかわ》沿いの平坦《へいたん》な道を北上した。民家や田畑も散見される長閑《のどか》な山里の風景が続く。一里半（約六キロ）を過ぎた辺りから深い山道となり徐々に上り始めた。

「どうする？」

昼前頃、分岐で足を止めた与一郎が、弁造に振り向いた。

「このまま左へ大川沿いに行けば深坂峠《ふかさかとうげ》に上る。右に行けば新道野越《しんどうのごえ》や」

深坂峠は距離的に近道だが、坂が急峻だ。しかも雪道である。昨年十月に敦賀から近江へと歩いたときには、まだ積雪はなかった。一方の新道野越は、坂こそ緩く、雪も少ないがかなりの遠回りになる。大勢での行軍には新道野越を、急ぎの旅なら深坂峠を選ぶのが常道だ。ただ、殿の足では深坂峠はちとお辛いのではないかと……」

「身共はどちらでも構いません。ただ、殿の足では深坂峠はちとお辛いのではな

「あほう！　深坂峠で決まりや！」

家来から体力を気遣われて腹が煮えた。与一郎は、深坂峠を目指して左の道をドンドン進んでいった。

分岐からは、半里（約二キロ）歩いて五十丈（約百五十メートル）上る真っ直ぐな坂道が続いた。急登《きゅうとう》とまでは言えないがダラダラと上りが続く。この辺りからは根雪が始まっており、極めて歩きづらい。吐く息は白いが、体は大いに汗ばんでいる。口数が減った。北上するに従い、根雪は深くなる。二人分の荒い息づかいだけが、シンと静まった林に響いた。

「なあ、おまい」

「はあ？」

弁造の返事には、苦しい時にわざわざ話しかけてくる主人への軽い不満が感じられた。内心では「黙って歩けや」とでも愚痴っている風だが、最初に与一郎の体力面をからかったのは自分の方だ。弁造は少しだけ、与一郎を虚仮《こけ》にしたこと

を後悔していた。

「髪の毛……それ、ちっとも伸びんな」

弁造は、昨年八月の末に頭髪を剃《そ》った。僧侶に身をやつし、小谷城から落ち延びるための変装である。若者の髪は一《ひと》ヶ月《つき》に三分《さんぶ》（約九ミリ）から四分《しぶ》（約十二ミリ）伸びる。あれから四ヶ月半《よつきはん》——髪は、大体二寸（約六センチ）弱にまで伸びていたが、まだ髷《まげ》を結えるほどではない。いずれにせよ、雪の上り坂でどうしてもせねばならぬほどの話ではない。

「折角やから……また全部剃れよ」

「なぜ⁉」

弁造が苛々と返した。与一郎は意地っ張りだから、坂が辛ければ辛いほど、相棒に余裕を見せたくなり、必要もない話を、どうでもいい話をし始めるのだ。弁造はそれを知っているから、余計に苛つく。

「六角棒に……坊主頭なら、そ、僧兵に見える」

越前には平泉寺《へいせんじ》、天平寺《てんぴょうじ》など僧兵を抱える寺院が多い。越前国内で、坊主頭が六角棒を持ち歩けば、誰もが僧兵と思うだろう。織田方の間者と露見せずにすむと与一郎はいうのだ。

「そ、それに……おまいは……あ、あれや」

さすがの意地っ張りも、息が切れかかっている。

「身共が……どうしました？」

「去年、坊主になりたい……とゆうとったではないか」

確かに「坊主は働かんでも食えるし、頭丸めとるだけで誰からも一目置かれる。こんな楽な商売はない」と罰当たりな発言をしていた。

「殿、黙って歩きなされ……ふ、深坂峠に着いたらゆっくり伺いますから」

主従は喘《あえ》ぎ喘ぎ、どこまでも続く坂道を、雪を蹴立てながら上っていった。


ただ、塩津街道は「人も通わぬ閑道」というわけではない。雪の中には先行者の足跡が幾筋か残されていたから、道に迷う心配はなかった。

大汗をかいたが、標高百二十丈（約三百六十メートル）の深坂峠へ辿《たど》り着いたのは昼少し前――順調である。

坂を上り切った達成感こそあったが、同時にこの場所は去年の十月、万福丸と於弦と四人で立った場所でもあるのだ。

「あの折、万福丸様に海老蔓《えびかずら》の実を採って差し上げましたわ」

ちなみに、エビカズラはエビヅルとも呼ばれる。房状の実が、秋には藍黒色に熟し、それなりに美味だ。

「よう覚えとる。秋だったものなァ」

「美味しいとゆうてくれ申した」

ポツリと言って、大男が唇を嚙んだ。山の幸を美味いと笑った少年はもういない。

主君の忘れ形見という事実を脇に置けば、万福丸は素直で無邪気、我慢強い少年であった。彼の望みはただ一つ——義母様《ははさま》（於市）に会いたい——それのみであったのだ。そしてそのささやかな望みのために命を落とした。無論、与一郎が彼を護《まも》れなかったことは事実で、そのことは、たとえ首級を奪還したとしても、仇の安達佐兵衛を討ち取ったとしても、決して相殺されるものではなかろう。

「俺が、甘かったんや」

与一郎が呟いた。

あの時ここにいた於弦——彼女と与一郎は将来を誓いあった仲だ。ただ、万福丸のあどけない笑顔を思い出すとき、その死に責任のある自分が、本懐を遂げることなく家庭的な幸せを摑むことに、与一郎は大きな躊躇いを感じていた。

(そうや。俺だけが、ぬくぬくとした暮らしを望むなんて許されることではない)

本懐を遂げるまで待ってくれと、於弦に頼むしかあるまい。

(けど、それはつまり……一点の落ち度もない於弦に、犠牲を強いることになるわけやなァ)

「西の空から黒い雲が流れてきます。雪になると面倒だから急ぎましょう」

「おう」

弁造に促され、深坂峠から根雪を踏んで下り始めた。

深坂峠から先はさらに積雪が深くなった。ただし、下りだから上りほどには苦労がない。西へ下って五位川《ごいがわ》沿いを北上する西近江路《にしおうみじ》まで出られれば、後は敦賀まで一本道である。迷う心配も、難所らしき難所もない。

「なにかおりますな？」

「人か？　獣か？」

先行していた弁造が警戒して歩みを止めた。

「獣にござる……それも大きい」

弁造が指さす彼方《かなた》を眺めれば、尾根筋の雪の中に毛むくじゃらの大きな獣がたたずみ、こちらを睨んでいる。大分遠いので、然程《さほど》の恐怖は感じない。

「熊かな？」

元山賊で、山の暮らしに慣れた弁造が呟いた。

「冬場に熊か？　この季節は塒《ねぐら》で寝とるやろ」

「ああ、羚羊《かもしか》や」

「羚羊……」

羚羊は於弦が一番好きな獣だ。彼女は「かもしか」とは呼ばずに「あお」と呼んでいた。仲間同士群れずにいつも独りでいるところが、「自分に似ているから好きだ」と語っていた。於弦の心を捉えて止《や》まない山の獣に、与一郎は嫉妬したものである。あのとき、確かに与一郎は於弦に魅せられ、恋していた。

羚羊は、雪の中を歩き出し、ゆっくり尾根の彼方へと姿を消した。

その於弦にもうすぐ会える。ただ、甘いだけの再会には、たぶんなりそうにない。

二

木村家の屋敷は、雪に埋もれて静かにたたずんでいた。如何にも富裕な地侍の住まいである。与一郎の乳母である紀伊は、この家の当主木村喜内之介《きむらきないのすけ》に後妻として嫁した。前妻が産んだ於弦と家族三人、数名の奉公人とともに倹《つま》しく暮らしている。

「与一郎様、ようおいで下さいました」

紀伊と喜内之介は大喜びしてくれたが、於弦はしばらく出てこなかった。囲炉裏端で暖を取りながら、紀伊たちと談笑していると、奥から静々と姿を現した。山では頭の後ろで束ねている髪を下ろし、紅を差し、娘らしい小袖を身にまとっている。この時間は猟から戻ったばかりで、おそらく伊賀袴に熊毛の尻敷《しりしき》を腰に巻いていたのだろう。愛しい男が急に現れたので、慌てて着替えてきたものと思われた。

「与一郎様、お久しゅうございます」

三つ指を突いて丁寧に平伏した。こうして眺める分には、只々《ただただ》美しいだけの令嬢である。

信長は、支配下に置いた越前の仕置きを、自分に寝返った旧朝倉衆に委ねている。守護代として、秀吉に言わせれば「ドえろう不人気」な桂田長俊《かつらだながとし》を据え、府中の富田長繁《とんだながしげ》などが皆で支える態勢だ。勿論、織田家からも人は出しており、津田元嘉《つだもとよし》、三沢秀次《みさわひでつぐ》、木下祐久《きのしたすけひさ》の三人を、越前代官として北ノ庄に常駐させていた。代官の三人はそれなりの軍勢を率いているから、自然、越前の地に尾張訛《なま》りの武士が幅をきかせるようになる。彼らの口を通じ、近江や美濃、尾張の消息も徐々に広がっているようだ。木村家の人々も、万福丸の非業の死を伝え聞いて知っていた。

「酷《むご》い話にございまするなァ」

紀伊が涙を拭った。

一ヶ月半《ひとつきはん》ほどの短期間ではあったが、紀伊と於弦は、万福丸と共に暮らした。威張る素振りをみせない素直な大名家の嫡男は、二人の女性から大層可愛《かわい》がられたものだ。まだ十歳の童が首を刎《は》ねられ、獄門台にさらされたのである。

「そこまでせんでも、よさそうなものや」

於弦がボソリと呟いた。

「私は……どうしても信長が好きになれん」

その信長の織田家に仕えている与一郎と弁造は、居たたまれない気持ちで顔を伏せていた。囲炉裏の間に気まずい沈黙が流れた。

「ただ、悪い話ばかりではない」

しばらくして与一郎が話し始めた。

「万福丸様には弟君が一人おられた。万寿丸様といわれてなァ」

与一郎は、万寿丸が秀吉の庇護《ひご》下にあり無事であること、万寿丸が成長した暁には、浅井家再興の目があることを伝えた。

「俺も及ばずながら万寿丸様をお護りし、お支えし、浅井家再興の日を待とうと思うてるんや」

目の端に、於弦の表情が強張《こわば》るのが映った。

「お護りするって、どこで？」

「於弦……」

紀伊が困惑した様子で、義理の娘をたしなめた。紀伊には、話の先の展開が読めたのだろう。

「お側近くに仕えねば、お護りすることはできぬ」

与一郎が、於弦の目を見て答えた。於弦の反発は承知の上だ。ここは冷静に道理を説き、彼女の許しを請わねばなるまい。

「では、敦賀《とと》には住まないのか？」

「しばらくの間は、今のまま織田家に仕えようと思う」

「いつまで？　その万寿丸様とやらが御家を興されるまでか？　私、そんなには待てん」

「於弦、無茶を申して与一郎様を苦しめるな。浅井家重臣として、御家再興を第一義に考えるのは当然のことや」

今度は実父の喜内之介がたしなめたが、於弦は収まらない。

「あんたはんは去年の十月、私の元に帰るとゆうてくれた。ともに狩りをして暮らすとゆうてくれた。あの言葉は嘘なのか？」

「相済まんとは思う。ただ、事情が変わったんや」

あの時までは、万福丸を於市に引き渡せば、自分の役目は「それで終わり」と思っていた。万福丸の死も、万寿丸の生存も想定外の出来事だったのだ。

「与一郎様お一人が浅井様の家来やない。なにもあんたはんが万寿丸様の傍におらんでもええやろ。他の浅井衆がなんぼでもおられるはずや」

於弦は半泣きになっている。あの気の強い、毒矢で熊をも倒す猛女が、涼やかな目に涙を浮かべている。

「す、済まん」

と、額を板の間に擦りつけた。初めは道理を説いて説得しようかと思っていたのだが、男の道理と女の道理とは異質である場合も多い。言を弄するのは不毛だし、卑怯でもあろう。ここは只々謝罪するのみだ。

「本当に相済まん」

「もう、ええ」

と、一声叫んで於弦は立ち上がり、奥へと引き込んでしまった。紀伊が、与一郎に会釈をした後、於弦を追って家の奥へと消えた。生《な》さぬ仲とはいえ、母親として育てた娘を気遣っているのだ。

かつて紀伊は、遠藤家の郎党だった前夫の子を死産した。同じ頃に誕生し、産《さん》褥《じょく》で母を失った与一郎の乳母となった。子を失った母と母を失った子は、実の親子のような絆《きずな》で結ばれて今に至っている。自ら育てた於弦と、乳を含ませた与一郎が夫婦となることを、紀伊は誰よりも望んでいたはずだ。与一郎は、母と慕う乳母をも、深く傷つけてしまったことになる。

（忠義を行うのも、難儀なものやな……あちこちで角が立つわ）

囲炉裏の炎を見つめながら、与一郎は心中で嘆いた。

（いっそ御家再興のことは片桐助佐や石田佐吉に任せ、於弦と夫婦になり、この地で静かに暮らすべきか）

本気でそう考えないでもない。浅井家への忠義など忘れ、心のままに生きられたらどんなに楽だろう。でもそれは同時に、与一郎が子供の頃から信じてきた倫理的規範を捨てることでもあるのだ。彼の心は、強く忠義の実現を求めていた。

（そもそも、忠義ってなんや？）

石田佐吉は忠義を「上位者にとって好都合な徳目」と評していた。さらに「秩序を保つための道具」とも形容した。それを聞いた秀吉は、粒金一摑みを石田に与えたそうな。

一方、山賊上がりの弁造は——

「主人とか家来とかはどうでもええ。身共は元山賊やぞ。忠義や恩義でアンタについてきたわけやない」

と、言った。

また、与一郎が信長への憎悪を封印、唯々諾々《いいだくだく》と秀吉の命に従っているのは、浅野家再興という忠義の道をまっとうするためである。

あれも忠義、これも忠義だ。忠義も色々である。

そして一番疑問に感じることは、本来は徳目であるはずの忠義を実現することにより、与一郎の於弦に対する信義は、地に堕《お》ち、踏みにじられてしまうということだ。徳目が徳目を踏みにじる――そんなことがあるのだろうか。徳目には優先されるべきものと後回しにしてよいものとの間に、価値の優劣があるのだろうか。

（よお分からん）

与一郎は匙《さじ》を投げた。難しいことは、ゆっくり時間があるときにでも考えよう。今じゃない。

沈黙が流れた。囲炉裏にくべた薪《まき》が「バチッ」と音を立ててはぜた。

「ま、於弦のことはひとまず紀伊に任せ、今はお役目の話を進めましょう」

喜内之介が、越前の情勢について話し始めた。

昨年のこと――天正元年（一五七三）八月。信長は、北近江から敗走する朝倉義景《よしかげ》を追い詰め、本拠地である一乗谷《いちじょうだに》にまで迫った。その距離僅に二十一里

（約八十四キロ）。途中幾度も朝倉の殿軍《しんがり》と小競り合いを繰り返しながら、執念深く追撃を続けたのである。

一乗谷朝倉館から東へ四半里（約一キロ）の裏山には詰めの砦《とりで》があった。堅固な山城だが、朝倉勢は最早籠城するだけの余力を残していなかった。信長は疲れた己が将兵にわずかな休息を与えた後の八月十七日、一気に一乗谷へと乱入したのである。

一乗谷朝倉館は、南北に半里（約二キロ）続く谷に沿って縄張りされていた。両側は急峻な山並で、北端と南端の出入口さえ塞げば、かなり攻め難い。なかなかの堅城と化す。

その北端の護りを受け持つのが成願寺《じょうがんじ》城であった。城主は重臣の前波吉継《まえばよしつぐ》——通称は九郎兵衛だ。この男、朝倉衆の中で真っ先に寝返った。信長の陣に駆け込み、その場で朝倉との決別を誓い、名を桂田長俊と改めた。以降は嬉々《きき》として織田軍の道案内役を務め、只管《ひたすら》旧主朝倉家の滅亡に尽力したのだ。桂田は今年五十一歳。なんとも徹底した、清々《すがすが》しいまでの裏切り振りではないか。入口を護るべき門番に背かれては、朝倉も一乗谷も戦い様がなかった。

かくて八月二十日。義景は自刃し、越前朝倉家は滅びた。

「殿（浅井長政）が、お腹《はら》を召されたのは九月の一日や。信長は、わずか十日で一乗谷から琵琶湖畔まで駆け戻り、小谷城を攻め落としたことになる……信長は鬼神やな」

与一郎が囲炉裏の炎を見つめながら、呆《ほう》けたように呟いた。

「自ら第六天魔王と名乗られとるぐらいですからなァ。鬼よりは、魔王の方が強そうや」

と、弁造が応じた。

「殊勲の桂田長俊は、信長により越前守護代に任じられ、今は一乗谷に住んで国守然として威張っておるそうですわい」

喜内之介が、雪焼けした純朴そうな顔を歪めた。

「匹夫《ひっぷ》が！」

短気な与一郎、思わず口走ってしまった。多少言葉が強過ぎるだろう。仮にも桂田は、現役の越前国守護代だ。与一郎は黙って喜内之介に会釈した。

（でも、奴の心が卑しいのは間違いない。俺はこの手の男は好かん。それこそ、忠義も信義もない。徳目をすべてまとめて、川に流すような裏切者や）

「ところが桂田九郎兵衛には、天罰が下ったのでござるよ」

喜内之介がニヤリと笑った。

「ほう、天罰が？」

「俄《にわ》かに眼病を患い、一ヶ月《ひとつき》あまりの内に失明」

「なんと！」

「朝倉義景公の祟《たた》りに相違ないと、誰もが申しておりまする」

「さもありなん」

「ナンマンダブ、ナンマンダブ」

与一郎が満足げに頷き、傍らで弁造が合掌し称名《しようみよう》した。

信長にすれば、地域の事情に通じた旧朝倉家の武将が政《まつりごと》を統べれば「さぞや越前国の人心も安定しよう」と考えたのだろう。しかし、その当ては大きく外れた。守護代桂田は眼病を患い、あまつさえ旧朝倉衆との間で諍いが絶えない。つまり人徳に欠け、人望が無いのだ。

「実は拙者のところにも」

喜内之介が顔を寄せ、声を潜めた。

「守護代桂田九郎兵衛を討ち果たすべしとの、国一揆へと誘う書状が届いており申す」

「ほう、国一揆とな」

与一郎は、息を吞んだ。旧朝倉衆同士の諍いが、意外と大事に発展しそうな空気である。

戦国期の一揆には、それ以前の時代の土一揆や徳政一揆、後の時代の百姓一揆と異なる特色があった。他の時代の一揆が「個々具体的な政治的要求の為政者《いせいしゃ》への訴願」であるのに対し、戦国期の一揆は、国一揆にせよ一向一揆にせよ今少し包括的なのだ。広く支配権や自治権などの政治権力の移譲を求める場合が多かった。前者は請願であり、後者は謀反《むほん》に近い。

また一揆の主な構成者が、国衆や地侍、坊官（軍事や政事の専門知識をもつ僧侶）であるのも特色で、その戦闘指揮能力は戦国武将のそれに遜色がなかった。

要は、一揆の戦国仕様でもあろうか。

「差し支えなければ、お話し頂きたい。その国一揆への誘い、首謀者はどなたにござるか？」

「富田長繁殿」

「越前府中の？」

「然様《さよう》」

身の丈六尺（約百八十センチ）を超す例の偉丈夫だ。越前府中の龍門寺城主で、猛将との呼び声も高い若武者である。富田は、守護代桂田長俊に対して謀反を起こすべく、越前南部の国衆や地侍衆に盛んに働きかけているらしい。

「ひとつ、伺いたいのでござるが」

弁造が話に割って入ってきた。

「桂田九郎兵衛は、人望はないとしても、一応は織田家に忠誠を誓っておる。その桂田に謀反を起こすということは、富田弥六郎とやらは当然、反織田方になりましょうな？」

「そこは判断が難しゅうござる」

喜内之介が小首を傾げた。

「富田はせいぜい一万石前後の小領主の分際。手勢も三百かそこいら。とてもではないが、織田様と張り合う力はございません」

桂田を討った後は、信長に恭順の意を表し、桂田の後釜として越前守護代の座を狙うのが常識的かつ穏当であろう。

「ただ……」

富田がまだ若く、相当な武辺であること。国一揆となれば、もし桂田への不満が想定以上に大きく、数万の数が集まると——

「あるいは富田も、勘違いを致すやもしれませぬな」

さらには、織田家から派遣されている北ノ庄の代官衆がどう振る舞うのか。魚《う》
住景固《ずみかげかた》や朝倉景鏡《かげあきら》、安居景建《あごかげたけ》など、朝倉の元重臣衆の動きはどうか。

「確かに、難しゅうございますなァ」

と、弁造が溜息をもらした。事程然様《ことほどさよう》に、越前の情勢は錯綜していた。

三

その地に暮らす喜内之介から、越前情勢の現状を聞けたのは有難かった。特に富田長繁が国人や地侍衆に一揆を呼びかけている事実は、一刻も早く小谷城の秀吉に報《しら》せねばなるまい。信長の名代たる桂田長俊に対する「謀反が近い」恐れがあるのだから。

与一郎は、夜半までかかって秀吉への書状を認《したた》めた。

自分の役目は隠密である。書状にも機密に亘《わた》る事項が数多く含まれるから、これを託すにも人を選ばねばならない。さらには、新たに秀吉からの指示が出され

るだろう。喜内之介の奉公人などを使いとして走らせるわけにもいかず、弁造に書状を託すことにした。

一月九日早朝に木村屋敷を発ち、小谷まで走り、十一日遅くか、十二日の早朝に戻る強行軍となる。

弁造の帰りを待つ間に、もう一つの厄介事を片づけておくことにした。

——於弦である。

二人で可能な限り話し合い、互いに納得した上で今後のことを進められるのが理想だ。

於弦は早朝に出猟し、夕刻まで山中で過ごす。屋敷では顔を合わせても口をきいてくれない。仕方なく猟に同行することにした。勿論、彼女の許諾は受けていない。只々遅れないように後について歩くばかりだ。

「ええ加減にして欲しい」

新雪が積もった林道で足を止め、於弦は後方五間（約九メートル）を付かず離れずについてくる与一郎に振り返った。与一郎も足を止め、於弦を見る。

「ついてきても、あんたさんと話す気なんぞないから」

「俺たちは話さないかん。今後のことを話し合わせてくれ」

美しい顔を歪めて、急に笑い出した。

「ハハハ」

「あんたさんは、平気で約束を反故にするお人やからな。話し合っても、約定を交わしても無駄やろ？」

「……あの」

痛いところを突かれ、思わず口籠った。赤面し、雪の中に立ち尽くす。

「なんや、言い返せんのかいな。使えん男や」

と、冷笑し、ドンドン歩き始めた。与一郎も後に続いた。

「現に今、こうして話しとるやないか。於弦の声が聞けただけで俺は嬉しい」

これは本音だ。久し振りに於弦の声を聞けた。憎まれ口ではあるが、沈黙や無視よりは何倍もいい。

「ふん。顔の綺麗な男はこれだから嫌や」

於弦が歩きながら振り返り、軽蔑の目を向けた。

「女は誰も、ニコリと微笑めばポーッとなって、あんたさんのゆうことをなんでもハイハイときくんやろ？　そう思ってる顔や。でも私は違う。与一郎様のゆうことなんか一切聞かん。嘘つきのゆうことなんぞきかん」

そう言い捨てると歩を早め、雪を蹴立てて進み始めた。慌てて与一郎も足を速める。静寂の林道に、二人が雪を踏む音だけがギュッギュッと木霊《こだま》した。

「俺にどうしろとゆうんや？」

「なんもせんでええ。屋敷に先に帰って湯でものんだらええ」

於弦が振り向かずに言った。

「湯なんぞ要らん。お前が進むなら、俺はついていく」

「勝手にせえ」

その後、しばらく二人は黙って歩いた。やがて於弦が歩きながら言った。

「あんたさん一人が浅井家に忠義を尽くすことはない。御家再興は他の方に任せて、与一郎様は私の婿になればええ。それが元々の約定や」

「そうはいくかい。無茶苦茶や」

「約束を守るだけのことが、なんで無茶苦茶なんや！」

「事情が変わったんや」

「知らんわ」

さらに歩を速め、ドンドンと距離を開けていく。

「まこうとしても無駄やぞ。幾ら山に不慣れな俺だって、雪についた足跡を追うぐらいはできる」

「ふん」

さらに黙って歩く二人。

「お前は、信じてくれんかも知れんが……俺は今でも於弦に惚れとる。これは本心や。嘘は言わん」

「か〜、ご〜がわく（腹がたつ）！」

と、歩みを止め、与一郎に振り返った。

「この下の沢筋に私の猟師小屋がある。本気で私に惚れてるなら、今からそこで私を抱いて」

「はあ？」

しばらく見つめ合った。

「私は本気やで」

真っ直ぐに見つめてくる。

「だ、駄目や、そんなのはあかん」

慌てて打ち消したが、ドクドクと心臓の鼓動が耳まで聞こえ始めた。

「なんで？　あんたさん今、私に惚れとるってゆうたよな？」

「惚れているのは本当や。でも、こんなかたちでお前を抱くのは違う」

「違うもんか。私は正味、与一郎様のやや子が欲しい」

「駄目や。誠実に向き合ってくれている紀伊と喜内之介殿を裏切ることになる」

「出た」

於弦が冷笑した。

「あんたはんはいつもそうや。私より浅井家が大事。私より母上と父上が大事。私はいつでも二番目、三番目……反吐《へど》が出る」

と、俯いたと思ったら、箙《えびら》から一本の征矢《そや》を抜き取り、半弓に番《つが》えて与一郎に向けて引き絞った。

「於弦、待て。危ない」

「鏃にはトリカブトがたっぷり塗ってある。あんたはんを殺して、私もこの場で喉を突いて死ぬ。しがらみのないあの世で夫婦になろう」

言いながら於弦の感情が弾《はじ》けた。涙を流し始めている。泣きながら与一郎の胸を正確に狙っている。

「やめろ於弦！　俺にはやり残したことがある。今この場で死ぬわけにはいかんのや」

「正射必中《しょうしゃひっちゅう》……南無三《なむさん》」

「於弦、やめぃッ！」

於弦、委細構わずひょうと放った。

（あ、あかん）

刹那、与一郎は機敏に身をねじり、雪の中へと突っ伏した。頭上を風を切って矢が飛びすぎ、背後に立つ杉の幹に深々と突き刺さった。見れば矢筈《やはず》が激しく振動している。本気で、殺す気で射た証だ。

「於弦ッ、おまい！」

と、叫んで顔を向けたが、雪の林道上に於弦の姿が見えない。身を起こし、走り寄り、辺りを見回す。娘は忽然《こつぜん》と姿を消していた。空に舞ったか地に潜ったか、今まで歩いてきた足跡が残るのみ。それ以外、周囲には何一つ残されていなかった。

於弦は——消えたのだ。

四日後の一月十三日、与一郎は小谷から戻った弁造とともに、敦賀湾沿いの道を北上していた。極寒期でもあり、急登が続く豪雪の木ノ芽峠を越すのは危険だと喜内之介が判断したからだ。

弁造は小谷城から二通、秀吉の書状を持ち帰った。一通は、与一郎への細々《こまごま》とした指令書で、もう一通はこれから向かう先の城主へ宛てた挨拶状である。向かう先とは織田《おだ》城だ。越前府中の北西三里（約十二キロ）に立つ小規模な山城である。城主は朝倉景綱《あさくらかげつな》、受領官位は兵庫助《ひょうごのすけ》だ。

「信長の出自が、越前国だとは知らんかったわ」

「身共も、織田氏は元々の尾張者やと思うとりました」

現在与一郎らが向かっている織田庄《おだのしょう》には、劔神社《つるぎじんじゃ》と呼ばれる古い社《やしろ》があり、元々織田家はそこの神主の家柄だという。室町中期に越前守護職を務めた斯波《しば》氏の被官となった。斯波氏が尾張と遠江《とおとうみ》の守護職をも兼職した折、織田氏は尾張の守護代に任じられ赴任した。その家が信長の出自というわけだ。

この織田庄の領主に秀吉が目をつけた。

昨年、北近江を領地として以来、幾度も書状や進物を朝倉兵庫助に送り懐柔《かいじゅう》してきたのだ。「織田庄は、織田家発祥の地」なぞと持ち上げるものだから、最近では朝倉姓を止《や》めて織田兵庫助景綱と名乗り始めているそうな。これも秀吉の入れ知恵である。本来、兵庫助は朝倉の一門衆であり、織田家との血縁はないのだが、織田庄を領していることから、織田姓を苗字として名乗らせたのだ。

(無論、心情的にも織田方へと引き込むための便法ではあろうが……)

黙々と歩きながら与一郎は考えた。

(越前は乱れとるから、旧朝倉の諸侯も生き残りに必死や。その点、我らが北近江には秀吉公が入られてよかった。支配者がキッチリ決まると、収まりがええものなァ)


「越前は、風雪がきっついのう」

強烈な吹雪に飛ばされぬよう菅笠の縁を手で押さえながら、与一郎が呟いた。

冬の日本海の大きなうねりが海岸に押し寄せ、高々と水飛沫《みずしぶき》をあげている。平地の海沿いでこの雪と風だから、標高二百丈(約六百メートル)を超す木ノ芽《きのめ》峠《とうげ》の積雪は、いかばかりであったろうか。

(雪か……雪ね)

与一郎は、雪に忽然と消えた女のことを思い出していた。

あれから喜内之介は、山仕事で使う杣人《そまびと》を総動員、於弦の行方を求めて付近を捜索させた。しかし、彼女が消えた日の午後から大雪となったことで、足跡を探すことは出来なくなってしまったのだ。本当に於弦は、雪山に消えたのである。

あの折、与一郎は杉の幹に刺さった征矢を抜き、鏃を指の股で挟んでみた。強烈な痛みを感じた。本当にトリカブトを塗った毒矢だったのだ。

（於弦といい、和音といい……俺が何をした？　俺は女難の相かいな）

と、心中で嘆いた。戯れに女遊びをして女から恨まれるのは仕方がない。自業自得というものだ。しかし、自分は常に真面目だ。元婚約者の於絹にしても、和音にしても於弦にしても、男の欲望を丸出しにして小狡《こずる》く立ち回ったことは一度もない。それでも怖い目で睨まれたり、毒矢を射込まれたりしている。

（弁造の野郎とは、えらい違いや）

弁造は女遊びをする。遊女も買うが、素人娘にも手を出す。時折、思い詰めたような表情の妙齢の女人《にょにん》が足軽小屋を訪ねてくるが、弁造はケンもホロロに怒鳴り散らし、冷酷に追い払ってしまう。娘は二度と現れない。弁造に女あしらいの要諦か極意を教えてもらおうかとも思うが――

（冗談やない。こんな下衆《げす》に教えを乞うなんぞ、俺の矜持《きょうじ》が許さんわい）

「え？　なんぞ、仰いましたか？」

後方を歩いていた弁造が、惚《とぼ》けた声をかけてきた。

「な、なんもゆうとらんわい」

主がボソリと不機嫌そうに答えた。

敦賀湾の海岸線を北上し続けて甲楽城《かぶらぎ》で一泊。翌朝はまた海沿いに北上した。梅浦《うめうら》からは海から離れ、内陸を進んだ。

「あと一里半（約六キロ）も歩けば織田庄や」

「五日も続けて雪道を歩いとりますからなァ。もう大概飽きましたわ」

などと不平不満を並べながら、東へ東へと雪を踏んで進んだ。

弁造は、得物である六角棒を杖《つえ》の代わりに使えるので、安定して歩ける。対して与一郎の得物は弓であり強度が弱く、杖としては使えない。弓を背負い、箙の矢が風に吹き飛ばされぬよう手で押さえながら必死で歩いた。

やがて右手の奥——比高四十丈（約百二十メートル）ほどの小山の上に織田城がみえてきた。天守や石垣などは確認できないが、土塁と柵のようなものが遠望できる。山の砦といったところだろうか。

「殿、ちょっとええですか？」

織田城に向かおうとした与一郎を、弁造が呼び止めた。

「殿の今の御身分は、遺憾ながら最下層の足軽にござる。気位の高い朝倉一門衆の殿様と、五分で話せる立場やない。先様は、足軽風情を相手にしてくれんのやないですか？」

「そこは秀吉様の書状に書いてあった。足軽であることは黙っておけばええそうや。もし訊かれたら『羽柴秀吉の小姓と名乗ってよし』とな」

「そらまた手回しのええこって。秀吉様、お知恵が回りますな」

「俺も元は国衆の端くれや。立ち居振る舞いでは足軽とはバレんやろ。ま、上手くやるさ」

と、腹を括《くく》って、城への坂を上り始めた。


「織田兵庫助にござる」

「羽柴秀吉が家臣、大石与一郎にございまする」

織田城の一室で、当惑しながら平伏した。というのも朝倉兵庫助が余りにも若すぎたのだ。秀吉の書状には「若武者」とあったが、むしろ「子供」乃至《ないし》は「童」に見える。「若い」というより「幼い」と表現した方がしっくりくる。秀吉自身も彼と実際に会ったことはなく、見当違いを起こしているようだ。

(こういうことが起こるから、隠密の目が重要になってくるんやろなァ)

百聞は一見に如《し》かずの金言もある。

兵庫助は小柄で丸顔、やや肥満気味だ。実直で善良そうには見えるが、如何にも頼りない印象である。

(現在、越前の情勢は大いに錯綜しとる。こんな子供の采配で織田城は大丈夫かいな？　ま、大丈夫なわけがないか)

当主が子供だとの認識は家来衆にもあるようで、数名の重臣衆が兵庫助を取り巻くようにして控え、不安げに幼君を窺っている。

「大石殿は、元は浅井家に仕えておられたのですか？」

兵庫助は、秀吉からの書状を一読すると、それを重臣の一人に渡し、与一郎に微笑みかけた。愛嬌《あいきょう》のある笑顔だ。

(書状を読んだ上で、俺が浅井家の残党であるのかを訊いてきた。字は読めるようだから、十一、二歳か……)

万福丸の笑顔が脳裏を過《よぎ》った。生きていれば、彼も今年十一歳だ。どことなく似ていなくもない。

「我らも元は朝倉の家臣にござる。お互い、主の仇に仕えるというのも皮肉なめぐりあわ……」

「おほん、むほん」

別の重臣があからさまな咳払《せきばら》いをして、若い当主の言動をたしなめた。

「これは失敬、言葉が過ぎた」

兵庫助が、咳払いをした家来を窺いながら与一郎に詫びた。

「いやいや」

与一郎、無理に微笑んで誤魔化した。確かに信長は、朝倉家や浅井家を潰した仇敵《きゆうてき》だ。その仇敵に仕えざるを得ない運命の皮肉——兵庫助の言葉に嘘偽りはない。

ただ、朝倉家が倒れて以降、越前の国衆たちは生き残りに必死だ。信長でも、桂田でも、富田でも構わない。己が領地を安堵してくれる安定した強い国守でさえあれば、それに従おうと思っているようだ。若い当主の失言で、信長から嫌われては迷惑とでも思ったのだろう。

兵庫助と秀吉は面識こそないが、幾度か書簡を往復させている。無論、互いに祐筆《ゆうひつ》に書かせているのだろうが。今回も手回しのよい秀吉は兵庫助宛ての書状の中で「大石は信頼に足る人物」と持ち上げてくれたようだ。

「つまり貴公のお役目は」

秀吉からの書状を読み終えた重臣が、幼君に代わり与一郎に質した。

「この織田城を拠点として越前の状況を見極め、羽柴様にお伝えする……そのような理解でようござるかな？」

「然様にございます」

「我が主が、朝倉姓を捨て、織田姓を名乗り始めていること、信長公は御存じでありましょうや？」

（来たな……）

この辺の織田家の立場、見解は、秀吉の手紙にちゃんと認《したた》められていた。

「無論存じておられます。さらには、此度《こたび》の騒乱が落ち着いた暁には、織田姓を名乗られる兵庫助様に、越前国統治の枢要な役目を担って頂きたい、と申されておられまする」

秀吉の手紙に綴《つづ》られたとおりに言上《ごんじょう》した。

「では、我ら織田城としては、信長公から守護代に任じられた桂田九郎兵衛様にこそ合力するべきなのでしょうな？」

「そうとは限りません」

与一郎が首を振った。

「昨年九月の長島討伐戦で、富田弥六郎様は目覚ましい武功を挙げられ申した。信長公は富田様を讃《たた》えられておられます」

「つまり、我々はどちらに付くべきだと仰るのか？」

重臣が困惑し、泣き出しそうな顔で与一郎を見た。

「されば……」

与一郎が一同を見回した。

「信長公に恭順の意を示すかぎり、桂田に付くも、富田に付くも状況次第かと」

「つまり、勝つ方に味方せよと？」

「御意ッ」

与一郎が平伏すると、重臣たちから一斉に溜息がもれた。ま、おそらく両陣営とも、織田兵庫助に秋波を送ってくるだろう。主人が経験不足なだけに、重臣たちは難しい判断を強いられそうだ。

四

その難しい判断の中には、地政学的な要素も含まれている。

富田長繁が拠る龍門寺城は、織田城から南東方向に直線で三里（約十二キロ）も離れていない。対する桂田長俊の一乗谷城は、直線距離でも北東へ六里（約二十四キロ）、山間《やまあい》の道を大きく迂回《うかい》せねばならぬので、実質七里（約二十八キロ）も歩かねばならない。

「尋常に考えれば、兵庫助様は富田側に付きましょうな」

新雪を踏んで前を行く弁造が、後方を振り返らずに言った。

翌一月十五日から、与一郎と弁造は役目である物見を開始した。早朝に織田城を発ち、龍門寺城へと向かい、状況を見聞する。その後はさらに足を延ばして、一乗谷城と北ノ庄城を回って帰るつもりである。

「その通りや、ハア」

息を弾ませながら与一郎がやっと返した。主従の吐く息が、白く濛々と林道に立ち込めている。

「織田城と龍門寺城は、目と鼻の先……富田と織田とは、近所付き合いみたいなもんやからな」

雪国で新雪の中を歩く場合、前を行く方が断然辛い。弁造は与一郎の家来だが、体力はあるし、元山賊で山歩きに慣れている。与一郎としては、少し悔しいが、家来に主人の前を歩かせている。名より実をとったということだ。

「な、仲ようしとかな……ハア、兵庫助様も不安やろ」

「殿、お疲れになられましたのか？」

弁造が歩きながら心配そうに振り返った。

「や、別に……大丈夫や、ハア」

与一郎、完全に息は切れているのだが「家来に負けたくない」「嘗《な》められたくない」「なぜ弁造は女あしらいが上手いのか」などの意地と反発だけで必死に歩を進めている。後方から見る限り、弁造はまだまだ元気一杯のようだ。

雪こそ降っていないが陰鬱な曇天。深い雪道は歩き辛く、与一郎の気力と体力を容赦なく奪っていく。織田城までの旅程でも雪中行軍はあった。ただ比較的積雪の少ない海沿いの道だったので、なんとかなったのだ。越前内陸部の雪道には、難渋させられる。また、北近江との国境の山にも雪は積もるが、豪雪地帯のそれとは比べものにならないこともよく理解できた。

ギュウ、ギュウと雪を踏みしめる音だけが、山毛欅《ぶな》の明るい林の中に響いた。もし晴天下に遊山などで歩けば、さぞや気持ちの良い山歩きになったろう。

「平坦な道でようございましたなァ」

弁造が明るく言った。

(糞《クソ》ッ。なにが平坦な道や。余裕かませおって……まさか、俺に当てつけて、わざと言ってるんやないやろなァ)

なぞと疑心暗鬼になるのも、疲れている所為《せい》かも知れない。

「山ばかりの土地柄やから、身共はこの雪の中、てっきり幾度も山越えさせられるのかと不安でしたんや、ハハハ」

確かに越前は山深い土地柄だが、集落の営まれる盆地と盆地は、案外と山間の平坦な道で繋《つな》がっており、山越えや峠越えの難所を度々強いられるわけではない。ただ移動が楽なその分、敵の軍勢もすぐにやって来てしまう。この土地では、山は防壁になってくれない。

「目を病んでる桂田九郎兵衛の居城は、ハア、一乗谷で、随分と遠い」

与一郎が話を元の越前情勢に戻した。

「その上、酷《ひど》い苛政を敷いたから、国衆や百姓衆の恨みをかっとる……今や桂田九郎兵衛は死に体や、ハア」

桂田が苛政を敷いたのは事実だが、同情できる点もなくはない。桂田は朝倉義景の奉行衆の一人であり、自分自身の知行はわずかだった。実力的には、並み居る国衆の一人に過ぎなかったのだ。それが信長により一躍、越前一国の支配を任された。力不足を短期間に補おうとした結果、徴税においても、兵士の動員においても、国内に無理を強いてしまったようだ。

「な、弁造よ」

「はい？」

と、歩を止め、与一郎に振り返った。

「あの……す、少し休まんか？」

「あ、やはりお疲れでしたか」

「や、断じてそうではない」

最後の意地を張ってみる。

「そうではないが、ハア、明日以降のこともある。少し休もう」

「御意ッ」

主従は山毛欅の幹に寄りかかり、立ったままで休憩をとった。

敦賀を発つとき木村喜内之介から「餞別《せんべつ》代わりに」と熊皮の尻敷を貰った。文字通り黒熊の毛皮でできており、臍《へそ》の前で紐《ひも》を結び、毛皮を腰から尻にかけて垂らす。腰を下ろすと、自然に熊皮が尻の下にきて、地面から（雪面から）の冷気を防いでくれる防寒具だ。ちなみに熊皮でなくとも、犬の毛皮を使っても冷気は防げる。が、犬皮の尻敷を使っていると、猟師や杣人仲間から嫌われたり、笑われたりすることもあるそうな。山で働く者にとって、犬は朋輩である。朋輩の皮を尻に敷く――よい心掛けとは言えまい。

喜内之介から貰った尻敷は今もつけているが、腰を下ろしては休まない。今の与一郎と弁造のように、木の幹に背もたれし、立ったまま休む。これは於弦から習った休憩法だ。息を整えるための「一息入れる」と、体力の回復を待つ「休む」を於弦は厳密に区別していた。一息入れる場合は、腰を下ろさず立ったままで休む。この時、焼飯《やきいい》か煎豆《いりまめ》を齧《かじ》ると具合がいいそうな。体が冷え込む前に歩き始めるのが肝心。一方、休む場合は腰を下ろして座り、冷え込みに備えて火を焚くべきだ。なんなら仮眠をとるのもいい。握り飯や干魚、干肉を食べてきっちり体力が戻るまで休むのが要諦だ。

「ただ、問題が一点だけある」

与一郎が、懐から取り出した煎豆を齧りながら弁造に言った。一息入れる間、弓は木の幹に立て掛けている。

「なんですの？」

弁造がもたれている山毛欅は太い。径が一尺半（約四十五センチ）からありそうだ。斑模様《まだらもよう》の灰褐色の樹皮が、美しいといえば美しい。

「富田弥六郎その人に、人望がないそうや」

「人望がない？」

今年二十四歳になる富田は、豪勇な若武者には相違ないが、短気で激高し易く、残虐非道と評されている。まるで狂犬だ。

「武将としては強いが、人として好かれていない……越前国も人材難やな」

と、与一郎が笑った。ただ、これは兵庫助の重臣たちから聞いた評価に過ぎない、これから龍門寺城に赴き、実相を確かめねばなるまい。

その越前の狂犬からは「桂田九郎兵衛を討つべし」との出陣を促す使者が、幾度も織田城を訪れている。一方、桂田陣営からも「味方せよ」「富田の背後を突け」との密書が数多く届いている。両陣営ともに、兵庫助に大幅な加増を約束しているそうだ。

現在、兵庫助の領地は五千石ほどである。動員数は百三十人がせいぜいだ。大した実力でもないのだが、彼には別の存在意義があった。

「兵庫助様は、織田家発祥の地の領主で、織田姓に改姓し、また秀吉公との紐帯《ちゅうたい》も強い」

兵庫助を自陣に迎えられれば、信長の後ろ楯《だて》を得たことになるので、双方とも必死で勧誘している――そういう次第だ。この事実を見れば、両陣営とも現状では、織田家に歯向かう意図は持っていないらしい。

ただ、秀吉からの書状によれば、どちらかの後ろ楯になるというよりも、信長は勝った方と誼《よしみ》を通じたいと考えているらしい。兵庫助に伝えた通りだ。乱世とはなかなか厳しいものである。

「さ、冷え込む前に動こう。参るぞ」

と、休息を提案した与一郎が、弓を摑み、先に山毛欅から身を離した。やはり「前を歩くように」と弁造を手で促す。相も変わらず名より実をとる与一郎であった。

雪道を苦労しながら二刻半（約五時間）ほど歩いて、越前府中へと出た。越前府中は、日野川《ひのがわ》の上流、武生盆地《たけふぼんち》の南端に位置する。富田長繁が拠る龍門寺城は、然程堅固に見えない平城であった。猛将と呼ばれる富田のこと、自ら守りに入ることを潔しとは考えず、自分は常に「城の外に出て戦う」との心構えを示しているのかも知れない。

驚いたのは、集まった人の数の多さだ。

「なんやこれは……」

龍門寺城とその周辺には、巨大な人の輪が——否、人の海が形成されていた。桂田の苛政に反発する人々が参集し、その数ざっと三万人余にまで膨れ上がっている。龍門寺城が平城でよかった。これが山城だったら、えらいことになっていた。集まったのは、国衆や地侍ばかりではない。甲冑など着ておらず、先端を黒々と焼きしめた竹槍を手に、甲冑代わりに蓑を二重に羽織り菅笠をかぶった農民層が多いことには驚かされた。黒く焼いた竹槍はよく刺さるし、蓑は、槍と矢には無力だが、刀で斬撃された場合は、致命傷回避の可能性がある。

「弁造……これは国一揆か？　それとも土一揆か？」

国衆や地侍が主体となる国一揆と、農民大衆が主体となる土一揆の混合形態といった風情だ。なにしろ数が多い。見れば、さらなる参加者も後を絶たず、人の数は今も増え続けている。

強大を誇った義景の時代、朝倉家は越前一国と加賀の南部を領有しており、その石高は八十七万石に及んだ。

戦国武将の兵士の動員数は、領国の石高に正比例する。

大まかな計算方法は以下の如し——軽輩者は二十石当たり一人の軍役と考えると丁度いい。それが大名級になると、居城の維持管理や治山治水事業などの公的な出費が嵩《かさ》むため、軍役も軽減され、四十石当たり一人と考えるべきだ。

つまり知行二百石取りの武士には、ざっくり十人の動員力があり、知行一万石の国衆は二百五十人の動員力を持ったと考える。その伝《でん》で計算すれば、八十七万石の朝倉家の全兵力は、二万二千人ほどだったはず。今回、富田の元に集まり、龍門寺城下を埋め尽くす三万人余が、如何に大軍であるかが知れよう。裏を返せば、如何に桂田が嫌われていたかということの証だ。

「朝倉義景の時代でも二万と少しやったのに、それが今は三万以上ですわ」

弁造が目を丸くして呟いた。

「越前中から集まっとる。桂田に与《くみ》する越前衆はもう残ってはおらんのではござるまいか」

「おってもほんのわずかやろな」

これらの生の情報は、早速秀吉に報告しよう。大いに喜びそうだ。

与一郎と弁造は、蓑の下に畳具足を着込み、かつて浅井家に仕えた足軽二人組との触れ込みで、臆することなく一揆衆の中へと入って行った。主に農民層から富田長繁の評価や噂、人となりを訊くためだ。

意外にも富田の評判は悪くない。

「一揆に身を投じたが最後、敗《ま》ければ殺されるわけやしな……強い大将こそが正義。人柄や心根などは、二の次、三の次なのかも知れんな」

「でも、戦が一段落すれば、強いだけの大将はこけまっせ」

「ハハハ、そらそうや」

さはさりながら、三万人余の手勢がおり、士気が高い——強力な軍勢だ。

「こりゃあ……兵庫助様も早うに旗幟《きし》を鮮明にせんといかんなァ」

「然様。下手をすると三万人が織田城に押し寄せまっせ」

与一郎と弁造の心配をよそに、このとき織田城内では、兵庫助と重臣たちが話し合い、富田が率いる国一揆への対応はすでに決まっていた。

——武装中立である。

守護代桂田側にも、一揆側にも与しないということだ。今でこそ織田姓を名乗っているが、元々兵庫助は朝倉姓の御一門衆なのである。他の親戚筋の多くが中立を決める中、自分一人が「近所だから」という理由だけで龍門寺城に馳せ参じるわけにもいかなかったようだ。ただあくまでも「中立」であるから、事態の推移によっては、どちら側にも付ける——「武装中立」は、乱世で弱者が生き残るための、極めて有効な手段と言えた。

五

翌朝、与一郎と弁造は、興奮と人いきれの龍門寺城を発って北上し、鯖江まで足を延ばすことにした。日野川に沿った道は平坦でまっすぐだ。雪こそ深いが比較的に歩き易かった。ただし、今日も空は曇天。陰鬱な天気が続いている。ここ越前は「陽光」の二文字とは疎遠な土地柄なのだろうか。

鯖江は、武生盆地の北端にあった。織田庄と北ノ庄、一乗谷と越前府中を無理矢理同心円上に並べれば、そのほぼ中心で、交通の要衝だ。この地を支配するのは鳥羽野《とばの》城主の魚住景固である。元は朝倉義景を支えた奉行の一人で、今年四十七歳。なかなかの仁者だから、領民や地侍たちからの支持も高い。要は「評判の良い国衆」であった。今回は富田からの誘いを受け入れ、守護代桂田に反旗を翻《ひるがえ》した結果、鳥羽野城にも桂田を嫌う多くの一揆衆がつめかけ、大変な熱気となっていた。

城外の焚火で暖を取る一揆衆に話を聞いた。富田よりも経験があり、人柄も温厚な魚住の指揮下で戦いたい、と龍門寺城ではなく鳥羽野城に集まった者が大半だった。

「ただ、鯖江に長く居《お》っても仕方あるまい」

与一郎が、弓の長さを持て余しながら弁造に囁いた。

「魚住は評判こそええが、所詮は富田麾下の一介の武将にしか過ぎん」

鯖江から三里半（約十四キロ）北上すれば、北ノ庄城だ。ここには信長が派遣した三人の越前代官たちがいる。富田の一揆が北上してきたとき、三人は信長が越前統治を任せた桂田側に立つのか、それとも機を見て、優勢な富田側に寝返るのか。如何に動くのかを見極めたい。また鯖江の北東三里（約十二キロ）には一乗谷城があり、桂田九郎兵衛が今も頑張っている。

「ここからは、二手に別れよう。俺はこのまま北上して北ノ庄へ参る。弁造、おまいは北東に進んで一乗谷の様子を見てこい」

「委細承知」

鯖江から一乗谷までは山がちで、曲がりくねった道を大きく迂回するしかない。山越えも一ヶ所ある。歩く総距離は四里（約十六キロ）ほど。なかなかの難路だ。雪道を進む体力と山越えの経験を備えた弁造を、一乗谷へ向かわせた所以《ゆえん》である。逆に、鯖江から北ノ庄までは平野部の平坦な道が続くから、体力で劣る与一郎でも、なんとかなりそうだ。

「今から発つと到着は夜になりそうやな」

山越え中に陽が暮れたりしたら、如何に屈強な弁造でも遭難の恐れがある。

「出発は明朝やな」

「よかった、ハハハ」

元山賊がホッとした様子で笑った。

ところがその日の夜から、越前国は大雪に見舞われた。

与一郎と弁造も、鯖江に足止めである。これぱかりは仕方がない。簡単な小屋掛けをして雪を避け、火を焚いて寒さをしのぎつつ、震えながら天候の回復を待った。一揆衆が雪を掘って、小屋の周囲に壁のように盛っている。風除《よ》けか。真《ま》似《ね》をして雪壁を設けると、暖かく――はないが、隙間風が減り、凍える感じがしなくなった。

翌十七日も雪は降り続いたが、その翌朝になるとようやく晴れた。雲一つない快晴である。越前に入ってから、初めて太陽を拝んだ。

「よし、弁造……参るぞ」

「おう」

気合を入れ、早速二手に分かれて鯖江を発った。久し振りの一人旅だ。

歩き出してしばらくすると、与一郎の背後で――

ブオーポー。ブオー。ポ――。

と、急に幾つもの法螺貝《ほらがい》が吹き鳴らされた。驚いた与一郎は、雪の中で少しだけ跳び上がった。

「なんや？　出陣かいな」

まるで微睡《まどろ》む巨大な獣が目覚めたかのように、三万余の一揆軍が徐々に動き始めた。大軍を率いるのは富田長繁――ではなく、主将が鯖江領主の魚住景固、副将が富田家の重臣毛屋猪介《けやいのすけ》だという。

（どうゆうことや？　富田が自重し、仁者として評価の高い魚住に功を譲ったか？　それとも責任の回避か？）

夥《おびただ》しい数の一揆軍の中に身を置いていると、大将たちの思惑など、まったく伝わってこないものだ。

十六日夜から断続的に降り続いた雪は、四尺（約百二十センチ）も積もっていた。それを先鋒隊が踏み固めつつ前進する。先頭が疲れると人を交代してさらに進んだ。そうして百人が進むうちに雪は踏み固められ、立派な軍用道路となる。後続の部隊は極めて歩きやすい。

便乗することにした。与一郎は、一揆と行動を共にすることに決めたのだ。奔流に身を任せるようで不安はあるが、青い空の下、陽の光を浴びて歩きやすい道を進むのは良い気分だ。

「卒爾《そつじ》ながら」

漆の剝げた短い手槍を担ぎ、錆《さび》の浮いた古風な星兜に粗末な畳具足、さらには大きな頭陀袋《ずだぶくろ》を背負っている。そんな不体裁な格好の若い男に、歩きながら声をかけた。

「これから我らは、北ノ庄を攻めるのでござろうかな？」

この男、供は連れていない。一応は甲冑を着込んでいるが、百姓だか地侍だか、外見からは見当がつかない。

「おめえ、大丈夫でござるか？」

男は大声を上げ、与一郎の顔を指さした。

「雪目《ゆきめ》になるでござるぞ」

雪目は聞いたことがある。晴天の日、雪面《せつめん》からの反射で目を傷める疾病《しっぺい》だ。男の顔を改めて覗き込むと、兜のまびさしを引き下げ、顔に分厚く巻いた晒《さらし》で目尻の辺りまでを深々と覆っている。目に入る陽光の量を最小限に抑えるための、雪国ならではの工夫だろう。見回せば、周囲の百姓衆たちも、誰もが同じように目を保護している。

「俺、近江からきたもんやから、雪国の心得に疎いんですわ」

そう言い訳しながら、菅笠を目深にかぶり直した。男に倣《なら》って顔に晒を巻き、目が隠れる寸前にまで引き上げた。

「あんた、弓を使うのでござるか？」

「元は浅井家で弓足軽をしとりました」

と、弓を愛おしげに撫でて見せた。

「へえ、然様でござるか」

与一郎が出身を明かしたことで、最小限の信頼感が生じたものらしく、二十代半ばに見える兜武者は自分なりの考察を語り始めた。

「そりゃあ、北ノ庄の織田の代官衆は勿論、安居城の安居景健や大野《おおの》亥山《いやま》城の朝倉景鏡も、一応は守護代桂田に味方しよるやざ。背後の信長が恐《こわ》いでござるからのう」

この大和田左門《おおわださもん》と名乗る地侍は、なかなかの事情通であった。そしてよく喋《しゃべ》る。朗らかな性格らしい。

「でも、それは所詮建前や。奴らは鼠《ねずみ》や。我らが行けば、城門を固く閉めて動かんとウラは見るでござる」

「では、やはり富田と桂田の一騎打ちになると？」

「ほや」

と、幾度も頷いた。晒で顔は見えないが、小柄で肩幅が広く、頑丈そうな体軀をしている。頭陀袋の中から、なにかを摘《つ》まみ出して口に運び、盛んにポリポリと齧り始めた。煎豆かなにかだろう。

「安居城や亥山城は、ハハハ、勝った方につく気や。ひょっとして岐阜の信長も同じ気持ちでござろうよ」

（この男、知恵が回るな。事実、信長はそう考えとるはずや）

桂田はやはり「死に体」のようだ。よほどの恨みを買っているのだろう。朝倉の旧臣たちも、形式上は守護代に従っても、城から出て桂田を守る気にはなれないらしい。

（対する富田側には三万の一揆軍がおる。俺はともに数日を過ごしたが、士気は滅法高い。憎い桂田を懲らしめてやりたくてウズウズしとる。守護代のわずかな手勢だけでは戦にもならんやろ）

「我らの御大将は富田様ではなく、魚住様なのですか？」

「ほや」

豆を齧りながら答えた。

「富田様は如何されましたんや？」

「ここだけの話、富田は短気な荒くれ者やが、決して馬鹿ではないでござる」

大和田左門が、顔を寄せて声を潜めた。それにしても――毎度毎度、語尾につける「ござる」が妙に気になる。

三万の一揆軍を二手に分け、一乗谷の南北から同時に攻撃する策だという。富田は、自ら総兵力三万の内のわずか五千のみを率い、鯖江から北東に進んで一乗谷南端の上城戸《かみきど》と呼ばれる城門に向かったそうな。

(つまりそれは、弁造が歩いとる道やな)

「あんた、なぜ、本隊が二万五千だと思うね?」

頭陀袋を背負い直して、左門が与一郎に訊いた。

「さあ、なぜですか?」

「圧倒的な兵力を見せつければ、北ノ庄、安居城、亥山城などの居城に籠って様子を窺っとる鼠どもは、表に出てこん。上手くすれば、味方になってくれるでござるよ」

「なるほど」

確かに富田、馬鹿ではないらしい。と同時に、敵の本拠地に五千で攻めかかるところなどは、相当の自信家ということだろう。

(短気で激高し易く残虐非道……それでいて知恵が回る上に、大した自信家やと? そんな奴、どこぞで聞いたぞ)

与一郎は心中で「あまり近づきたくない相手や」と呟いていた。与一郎の今の主人の、そのまた主人によく似ている。

一揆軍の北上部隊は、四里（約十六キロ）を歩いて、一月十八日の夕刻までに一乗谷の北端に至った。

荷駄隊を引き連れた大軍の行軍速度は、通常「日に二十から二十五キロ」が限界である。さらに新雪が四尺（約百二十センチ）も積もった条件下での行軍とすれば、大健闘といえそうだ。指揮を執った魚住と毛屋も、なかなかの武将らしい。

ちなみに、大和田左門の読みの通りで、二万五千の大軍を見た北ノ庄、安居などの諸城は、城門を固く閉ざし、決して打って出てくることはなかった。彼らも「武装中立」の策を採ったらしい。

その夜、魚住景固から「明朝、総攻撃を開始する」旨が全軍に伝えられた。

六

城郭としての一乗谷は、南北半里（約二キロ）に及ぶ谷筋の両端に城門を設けて防御した一乗谷城館と、その東方に聳える山の頂に築かれた詰めの城（一乗山城）との二重構造になっていた。

北城門の前面には、足羽川《あすわがわ》が東西方向に流れている。その蛇行部が広大な河原となっており、一月十九日の早朝、二万五千の一揆軍はその河原に殺到し、充満した。目前には、巨石で虎口を固めた北側の城門が聳えている。下城戸《しもきど》と呼ばれるらしい。巨石の上には矢倉が渡され、押し寄せる攻め手に上から矢弾を浴びせる策のようだ。

辰の上刻(午前七時頃)、遥か南方でパンパンと鉄砲の音が鳴り出した。上城戸に向かった富田弥六郎隊の攻撃が始まったようだ。

「かかれ!」

馬上で魚住の采配がふられた。

「オ————ッ」

二万五千の雄叫《おたけ》びが、周辺の山々に木霊する。

与一郎は、大和田左門と共に行動していた。戦場《いくさば》では、地の利があり、目端の利く男の後について進むに限る。武功を挙げるにしても、命からがら逃げるにしても、地の利と知恵の利が結果を分けるものだ。左門は越前の生まれだし、頭も悪くない。それに、どことなく人の好いところが気に入った。

「一番組、放てッ」

矢倉上で、鉄砲大将らしき兜武者が大声を張り上げた。

有能な鉄砲大将は、血を噴きながら両腕を伸ばし、大の字になって後方へと倒れ、姿が見えなくなった。矢倉全体に動揺が走るのがよく伝わった。城兵も不利な戦いであることは十分に承知している。さぞや恐ろしかろう。経験豊かな老物頭の存在が、精神的な支柱となっていたはずだ。今、その支柱が倒れた。

「今じゃ。ワシに続けィ！」

機を見た毛屋猪介が馬から跳び下り、槍を手に駆け出した。

戦に慣れた地侍衆がこれに続く。その後から百姓衆が塊となって、下城戸に向け走り出した。

「その弓の腕……おめえ、ただ者やないでござるな」

隣で頭陀袋を背負った左門が目を丸くしていた。

これを機に、一揆側は攻勢を強め、下城戸を間もなく突破した。城内に夥しい数の一揆衆が雪崩《なだ》れ込み、民家や武家屋敷で狼藉《ろうぜき》と略奪の限りを尽くす。その日の内に、桂田九郎兵衛とその家族は探し出され、無残に首を落とされた。

木村喜内之介に話を聞いたときから、桂田の生き様を「匹夫」と嫌っていた与一郎である。

「盲《めしい》となったのも、首を落とされたのも……ふん、天罰や」

と、同情を寄せる気にはならなかった。

当時の落首に曰《いわ》く――

「上もなく昇り昇りて半天の　みつればかくる月の桂田」

十九日の夜は、久し振りに屋内で寝ようと、左門と二人で無人の民家に入り込み、勝手に囲炉裏で火を焚いていた。一揆の仲間が一人、二人と増え、十人ぐらいで囲炉裏の炎を囲んでいると、魚住景固の家来が、与一郎を探しにきた。「弓の名人がいる」と評判になっているそうな。魚住が会いたいと呼んでいると伝えられた。思惑の通りになった。

「是非にも同道したい」と申し出た左門と二人で、魚住の宿舎を訪ねた。

「半町離れて、兜武者を射殺《いころ》したと聞くが……まことか？」

痩せて秀麗な容貌の魚住が、上機嫌で訊いた。もう具足は脱いで、直垂《ひたたれ》に緋色《ひいろ》の陣羽織を着用している。

「御意ッ」

と、平伏した。与一郎もすでに具足は脱ぎ、雑兵用の具足下衣姿である。

「弓はどこで習い覚えた？」

「元々は浅井家の弓足軽にございましたので……」

「なるほど、なるほど」

魚住家に士分として仕官するよう強く求められたが、敦賀の地侍の婿になる予定があるからと、丁重に辞退した。足軽からの士分への取り立ては過分ではあったが、まさか秀吉の家来と二股はかけられない。

「欲のない男だのう」

魚住は笑いながら粒金を数個手渡してくれた。大軍の指揮は執れるし、気さくで明るい。吝嗇《りんしょく》でもないようだ。評判通りの好漢らしい。小谷へ戻って秀吉に報告せねばならぬから、必死に特徴を覚えて頭の中で整理し直した。

左門は「士分にする」という魚住の申し出を断ったことを「惜しいでござる」と言った。「惜しいでござる」を連発し、その夜就寝後は寝言でまで「惜しいでござる、惜しいでござる」と繰り返していた。

翌一月二十日。一乗谷城館から祖母や母と共に脱出し、民家に潜伏していた桂田の嫡男新七郎が捕縛され、全員が弄《なぶ》り殺された。

さらにその翌日。天正二年一月二十一日。

勢いに乗る一揆軍は、富田の指揮の下、北ノ庄を包囲した。北ノ庄城には、信長が送り込んだ三人の越前代官（津田元嘉、三沢秀次、木下祐久）が籠っている。今後もし戦端を開けば、完全に信長を敵にまわす――賢明な行動とは到底思えなかった。

ただ富田としては、一揆軍の意向も無視できない。富田は一揆軍の代表者であるに過ぎず、三万の一揆軍は彼の家臣や私兵ではないからだ。国衆、地侍、農民たちの桂田への不満、ひいては織田信長支配への反発は計り知れない。ここで三人の代官を攻めて討ち取れば、裏切者の桂田一族を滅ぼした上に、越前国の政を越前人の手に取り戻した英雄として、一揆衆の富田に対する評価は盤石となるだろう。強大な魔王信長との協調を選ぶのか？　それとも手元にある一揆軍三万人の支持を選ぶのか？

――富田は躊躇うことなく三万人を選んだ。

彼はまだ若く、野心に満ちている。大地を揺るがす大軍の指揮をとる高揚感が忘れられなくなっていた。

（ええい、ままよ）

富田は腹を括った。

（この大軍を手放すぐらいなら、魔王とでも、仏とでも戦ってくれるわ）

ところが、若い野心家が北ノ庄城への総攻撃を命じようとした刹那、横から邪魔が入った。今まで「武装中立」を決め込んでいた朝倉時代からの有力者たちである。

一人目は、大野亥山城主の朝倉景鏡だ。一門衆筆頭として朝倉義景の名代を幾度も務めた権臣である。最後は義景を裏切って主人を謀殺、首級を信長に献上したところを見れば、あまり心掛けのよい性質ではない。

もう一人は、安居城主の安居景健である。やはり一門衆の重鎮で、姉川戦では義景に代わって朝倉軍の総大将を務めた。

この大物二人が「待った」をかけてきたのだ。

朝倉氏の越前支配は古く、暦応《りやくおう》元年（一三三八）に遡る。元は但馬《たじま》国養父《やぶ》の小領主だったのだが、守護職斯波氏の被官として越前国に入り土着した。朝倉と織田が、かつて斯波家中で同僚だったとは面白い。

七代孝景《たかかげ》の頃に越前全土を掌握し、斯波氏を下剋上《げこくじよう》して守護職となる。朝倉氏には腹黒い当主もいるにはいたが、おおむね善政を敷いた。この二百数十年に渡る地縁血縁が物を言った。

「弥六郎殿、今信長と事を構えてどうする。越前国のためを思えば、上策とは申せぬぞ」

「三代官とはこの半年、上手くやってきたのじゃ。いきなり攻め殺すのは、あまりに酷い。後代《こうだい》の誹《そし》りを受けよう」

と、小姑《こじゅうと》たちは執拗《しつよう》に難癖を付けてきた。

一揆衆の中にも朝倉氏に恩義を感じている者は多い。富田としては景鏡らの意見を無下にはできず、三代官の首は獲らずに追放処分とした。これをもって信長の越前支配は、わずか五ヶ月《いつつき》で終焉を迎えた次第である。

ただ追放処分とは、如何にも中途半端だ。当然、一揆内部には「信長に対して弱腰」との不満が残る。

ここで富田は、悪手を打った。

一月二十四日。かすかに芽生えた「意外に押しに弱い」「弱腰や」との一揆軍内部からの不審の念を払拭すべく、強気な態度を示そうとしたのだ。一乗谷攻めで指揮を執った魚住景固を龍門寺城へと召還し、呆気《あっけ》なく謀殺してしまう。

「魚住は下城戸攻めを指揮し、大功があった」

その魚住の首級を前に、龍門寺城内で富田が吼《ほ》えた。

「ただ奴の身の丈には武功の大きさが見合わなんだ。分不相応。魚住程度の分際には手柄が大き過ぎたのよ。だから殺した」

と、狂気を孕《はら》んで笑った。

「これでワシのことを『弱腰』なぞと笑う者はおらんようになろう。もしおれば、そ奴も殺すまでじゃ」

病的な自尊心の発露とでも言うべきか——常軌を逸していた。

人望のある魚住への妬み、一揆内での発言力が増すことを恐れたのが殺害動機であろうが——それにしてもこればかりは無茶が過ぎた。魚住は善政を敷く評判の良い領主である。地侍や農民の心が、一挙に富田から離れてしまったのだ。

「あらら、あの気のええ殿様が……酷いことよ」

一乗谷城館での一夜、ほんのわずかだったが言葉を交わし、仕官を持ちかけられた相手だけに、与一郎は魚住景固の死を深く悼《いた》んだ。

「ひい、ふう、みい……」

北ノ庄城の馬出曲輪《うまだしくるわ》で焚火に当たりながら、左門が指を折って数えた。

「む、六日か……やり過ぎや。急ぎ過ぎにござるよォ」

「なんや？　なにが六日や？」

炎に薪をくべながら与一郎が質した。

織田の三代官が退去して後、北ノ庄城は富田の重臣、毛屋猪介が城番を務めていた。与一郎と左門もまた、毛屋麾下の一揆軍に身を置いている。現在は、馬出曲輪内に小屋掛けし、周囲に雪囲いをし、焚火で暖を取りながらなんとか凌いでいる。

「そもそも富田はな……」

左門が指折り数えたところ、十九日からのわずか六日間で一乗谷、北ノ庄、鳥羽野と三つの城を手中に収め、桂田、魚住と二つの古い家系を滅ぼしたのだ。左門が言う通りで「やり過ぎ、急ぎ過ぎ」であった。誰もが「こんな狂犬が越前の主となったら大変」と感じたことだろう。

富田長繁の足元が不安定化したことで、越前の国状は混沌《こんとん》としてきた。そこに目をつけ、国衆や地侍衆に秋波を送ってきた勢力がある。隣国加賀《かが》の一向宗《いっこうしゅう》であった。

七

富田長繁は本拠地の龍門寺城に籠り、越前国内の情勢を見極めようとしているのか動かない。与一郎は北ノ庄城を出て、左門と二人、鯖江に向かい南下することにした。

すでに与一郎は、富田長繁に見切りをつけていた。一揆衆は加賀の一向一揆との連携を模索しているらしいし、旧朝倉の有力者たちは織田信長に靡《なび》いている。富田は人望を失《な》くし、越前国内で孤立していた。所詮は箍《たが》が外れた武辺だけの荒武者だったのだ。

「結局おめえは何者でござるか？　綺麗な面しやがって、その上にあの弓の腕前。ただの足軽上がりではあるめェ。正直にゆえでござる」

大和田左門が、歩きながら与一郎に質した。

「ふん。どこの誰だかも分からんおまいに、話すことはないな」

与一郎が鼻先で笑った。

「ウラの素性はちゃんとしとる。鯖江の地侍、大和田家の三男坊や」

「ほう、由緒正しき家なのか？」

「いんや……百姓とさして変わらん。生活も苦しいから、ウラは家を出て、どこぞの家に奉公したいと思うとる」

「あ、そう……ま、頑張れや」

その後は、二人とも押し黙って雪道を進んだが、やがて——

「ウラは、おめえを信長様の間者やと睨んでござる」

「ハハハ、まさか」

笑い飛ばしつつも、心中では「当たらずとも遠からずやな」と舌を出していた。正しくは「信長の家来である秀吉の間者」だ。

「隠すことはないでござろう」

左門がニヤリと微笑んだ。今日は曇天なので、晒で顔を隠してはいない。

「なんなら、ウラはおめえの家来になってやってもええ……そう思っとるぐらいやからな」

「や、家来を持つほどの銭はない」

「銭は出世払いでええでござるよ……ま、一度これを食ってみい」

と、頭陀袋の中から一摑みの煎豆を摑み出し、与一郎に渡した。

「ほお……これは」

齧ると、塩味がして実に美味い。コクがある。食ったことのない味だ。

「豆を煎るときに、塩と菜種油をほんの少しふりかけるだけ。それでこの旨さ」

「もう少し、くれんか？」

と、卑しく手を出した。止《や》められない、止《と》まらない美味さなのだ。

「ウラを家来にすれば、いつでも食えるでござるぞ」

そう言いながら、与一郎に煎豆を渡そうとしてふと止めた。

「で、あんたはやっぱ織田の間者かい？」

「俺の口からは言えんが……『おまいは勘がええ』とだけゆうておこう」

「分かった。それで十分でござる。さ、たくさん食いなされ」

と、破顔一笑、煎豆で与一郎の掌を満たした。

「今よりウラは家来にござる。なんでも相談して下され、殿」

「誰が殿や？」

一応は呆れたが、左門の愛嬌のある笑顔と煎豆が気に入った。

「お〜い、お〜い」

背後から呼ぶ声がする。

豆を食いながら振り返り、眺めてみれば、二町（約二百十八メートル）ほども後方を歩く網代笠《あじろがさ》を被った僧体の者が、こちらに手を振っている。

「ウラに坊主の知り合いはおらん。殿の知人にござるか？」

左門が怪訝《けげん》そうに訊いた。

与一郎の視力は普通である。特に良くも悪くもない。それでも僧侶が誰なのかひと目で判《わか》った。傍らの樹木と較べて体軀が大き過ぎる。錫杖《しゃくじょう》替わりに突いているのは一間半（約二・七メートル）ほどの長大な棒だ。

「こら弁造、走れ！　早うこい！」

と、笑顔で声を張り、手を振った。十八日の朝に鯖江で別れて以来、七日ぶりの再会が嬉しかった。

「誰？」

左門が訊いた。

「たった一人きりの俺の郎党や」

「ならばウラの兄貴分でござるか……今日から郎党が二人に増えてよかったでござるな」

「ハハハ、勝手にしろ」

二町彼方から大男が雪を搔《か》き立て、走ってきている。

「おまい、その衣はどうした？」

息を弾ませている弁造の僧衣を与一郎が指さした。

「ああ、これね……具足下衣と交換しましたわ」

「僧衣と具足下衣を……交換やと？」

「はあ、そうですわ」

気まずそうに視線を逸《そ》らした。

「おまい、それ、脅し盗《と》ったんやろ。まさか、坊主は殺さんかったやろな？」

「殺すなんて……とんでもない」

慌てて否定した。弁造の目を覗き込んだが、嘘は言っていなそうだ。

網代笠の下を覗けば、頭髪を坊主頭に剃っている。刀の刃で剃ったものか、幾ヶ所か切り傷ができ、今は瘡蓋《かさぶた》になっていた。弁造が僧侶の格好を「する、しない」は以前からの懸案事項だったのだ。やっと決心がついたのだろう。

「相手の坊主は、多少は嫌がってたけど、最後は諦め、身共の具足下衣を着て笑顔で立ち去り申した」

「本当に笑顔やったんか？」

「や、ま、少し引き攣《つ》った笑顔やったかな」

「弁造……おまいなァ」

「す、済んません」

ほとんど恐喝の類《たぐい》だったのだろう。ま、元は関ケ原の山賊である。相手を殺さなかっただけ、良かったとしておこう。

「十八日の朝に殿と別れましたやろ。あの後、富田弥六郎の一揆軍が徐々に追い付いてきよったんですわ」

弁造は一揆に吸収されるのは拙《まず》いと考えた。しかし、刀を佩《お》び、具足下衣に畳具足を着込んでいると、一揆への参加を乞われたときに断り辛い。そこで、たまさか道を歩いていた僧侶を脅し——もとい、説得して、衣装を交換したのだそうな。

「断じて、嘘は申しておりまへん」

元山賊が断言した。傍らで左門が主従の攻防をニヤニヤと眺めている。

「ま、ええわ。今日のところは、おまいの言葉を信じよう」

「へへへ、ど〜も」

弁造が嬉しげな笑顔をみせた。

「で、おまい、今疲れとるんか？」

「や、全然。これから戦でも大丈夫」

「ならば、一つ頼みごとがある」

与一郎は、雪の上に腰を下ろした。喜内之介から贈られた熊皮の尻敷が威力を発揮、まったく尻は冷えない。左門が頭陀袋から取り出した矢立と紙を用い、与一郎は書状を認《したた》め始めた。左門が頭陀袋を背負っている意味がここで知れた。煎豆や焼飯、塩や味噌、芋茎《いもがら》、糸と針、矢立と紙、大量の晒等々――戦場暮らしで必要となる雑貨や携行食を詰め込んでいたのだ。

「ウラ自身が使うもよし、他人に売って銭儲《もう》けするもよしでござるよ」

「では、この紙と矢立は……」

「本来なら永楽銭三枚（約三百円）でござる。無論、家来にして頂いたからには銭はとらん」

「あほう……」

なし崩しに家来が一人増えたようである。まずは書状を書き上げてしまうことが先決だ。手紙の内容は、越前国の情勢報告である。勿論小谷城の秀吉宛てだ。

越前を奪還するには、富田が孤立し、旧朝倉の有力者たちが信長を頼っている今が好機である旨、この好機を逃せば、たとえ富田は自滅しても隣国加賀の一向一揆が介入してきて面倒なことになる旨、を簡潔に認めた。

「で、誰です？」

左門が小便に行っている隙に、弁造が訊いてきた。簡単に家来にした経緯を説明すると、やはり弁造は首をひねった。

「殿のお悪いとこや。すぐに他人を信じる。どこの誰やら分かったもんやない」

「お、俺には人を見る目がある……つもりや」

最後の部分は小声で囁いた。

「大丈夫ですかいな？」

「役に立つ男なんや。同じ戦場にも立ったが、卑怯な振る舞いは微塵《みじん》もなかった。人柄は保証する」

「知りまへんで」

「おお、まかさんかい」

と、大見得を切ったが、本当に大丈夫だろうか。

大事な密書を懐に、僧侶姿の弁造が小谷城へ向けて走り出した。

一方の与一郎は、魚住氏が滅んだ後、富田が押さえている鯖江の鳥羽野城を素通りし、兵庫助が籠る織田城へと向かった。織田城で秀吉からの指令を待つつもりだ。左門は「すでに家来にしてもらったのだから」と離れようとしない。

「秀吉公は機を見るに敏なお方や」

歩きながら、与一郎が左門に小声で囁いた。

「おそらくは信長公と語らって兵を寄越《よこ》すやろ」

「結構でござるなァ」

左門が話を合わせて微笑んだ。

「今、織田勢が越前に雪崩れ込んでくれれば、織田庄の兵庫助様は勿論、大野の朝倉景鏡も、安居景健もこぞって信長様のお味方につきましょう。加賀一向宗の入り込む隙などござらん。我が殿の大手柄にございまするなァ」

布袋《ほてい》だか恵比寿《えびす》だか知らんが、七福神に似た新しい家臣が笑った。


日が暮れた頃、薄闇の彼方に織田城の輪郭が見えてきた。旧暦二十五日の月はまだ上っておらず雪明かりを頼りに城門を目指した。

十日ほど離れていた間に、兵庫助は籠城の態勢を整えていた。空堀を深々と掘り下げ、その土砂を掻き上げて土塁を高くした。土塁の斜面には逆茂木《さかもぎ》を埋め、空堀の底には乱杭《らんぐい》が無数に植えられている。尾根筋からの侵入は堀切で防ぎ、切岸や縦堀で斜面を登り辛くしてある。攻め手も苦労しそうだ。

「如何ですか？　なかなか堅城になったでござろう？」

と、兵庫助が得意げに身を反らした。

「これなら、富田も一揆衆も攻めあぐねましょう」

織田城の大広間で、与一郎は帰城の挨拶をし、兵庫助の前で平伏した。

「ま、気は抜けぬ。周囲は敵ばかりじゃ」

兵庫助が肩をすくめた。

なにせ、富田長繁の本拠地である龍門寺城は、わずか南東に三里（約十二キロ）余しか離れていない。旧朝倉の有力者たちに倣って「武装中立」を選んだ「身の程知らずの小僧（兵庫助）」を血祭りにあげんと、いつ何時、狂犬富田が一揆軍を率いて押し寄せてくるかも知れないのだ。

「実は最前……」

与一郎は「今こそ越前へ向け出陣すべし」と、秀吉に書き送った旨を兵庫助に告げた。

「信長公にとっては今こそが好機……まさに、そこは同意にござる」

兵庫助の重臣の一人が大きく頷いた。

今、信長なり秀吉なりが一軍を率いて越前に来援すれば、富田が率いる一揆軍と相対することになる。一揆軍は数こそ多いが、過半は戦場経験の乏しい農民層

出版社 担当者通信

双葉社 文芸第一出版部
「三河雑兵心得」編集担当　大城 武

やはりこの男には泥まみれがよく似合う

天下統一の総仕上げと言われ、天正18年2月に開戦した北条征伐ですが、降伏か、決戦かをめぐって延々と会議が行われた「小田原評定」の故事成語からも分かるとおり、肝心の小田原城攻城戦は膠着します。

ですが、北条氏が領内に張り巡らせた支城を各個撃破する戦いは激しく、中でも徳川勢が緒戦で挑んだ山中城攻城戦は戦国最大の攻城戦と謳われました。

山中城は小田原の西、箱根峠を越えた標高580メートル地点に立つ山城で、東海道からの進軍を阻む最重要拠点です。迎え撃つは、武勇で知られる城主・松田康長率いる4千人。

3/29の早朝、豊臣方七万の軍勢が山中城を取り囲みます。右翼に池田輝政の一万、左翼に徳川家康の三万、そして中央に総大将・豊臣秀次の三万と、三手に分かれて布陣しました。

戦闘が始まると、中央の岱崎出丸に攻め手が殺到し、守備側は銃撃と、馬出からの突撃と退却で猛烈な抵抗を繰り返しました。

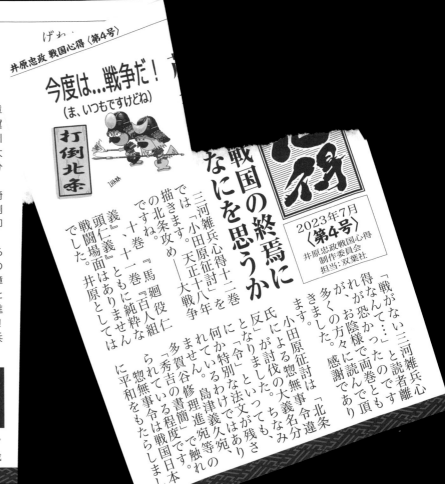

左翼の徳川勢、茂兵衛率いる鉄砲百人組のミッションは西の丸の攻略。北条流の畝堀と堀障子に苦しめられながらも、知恵と根性をふり絞って少しずつ前進します。そう、ほとんど一兵卒！原点に回帰したかのような茂兵衛の奮闘ぶりにご期待ください。

- ●『北近江合戦心得〈三〉』は2024年1月発売予定です。
- ●『井原忠政 戦国心得』第5号は、2023年9月中旬発売予定の『三河雑兵心得 小田原仁義』（双葉文庫）に入ります。

『井原忠政 戦国心得』は双葉社、小学館の協力のもとで発行します。
双葉社 https://www.futabasha.co.jp/
小学館 https://www.shogakukan.co.jp/

今度は…戦争だ！
(ま、いつもですけどね)

2023年7月
〈第4号〉
井原忠政戦国心得
制作委員会
担当:双葉社

戦国の終焉に なにを思うか

三河雑兵心得十二巻では「小田原征討」を描きます。天正十八年の北条攻め――大戦争ですね。十巻『馬廻役仁義』、十一巻『百人組頭仁義』ともに純粋な戦闘場面はありませんでした。井原としては「戦がない三河雑兵心得なんて…」と読者離れが恐かったのですが、お陰様で両巻とも多くの方々に読んで頂きました。感謝でありきます。

小田原征討は「北条氏による惣無事令違反」が討伐の大義名分となりました。ちなみに「令」といっても、何か特別な法文が残されているわけではありません。島津義久宛、多賀谷修理進宛等の「秀吉の書簡」で触れられている程度です。惣無事令は戦国日本に平和をもたらしま

井原忠政

戦国

老大国と

茂兵衛は

ッ

い

武功を挙げ出世」を掴みたい下級武士とか——意外に「平和を喜ばない人々」が多かったようです。

秀吉による飴と鞭 巧く躱した家康

危機察知能力に長けた秀吉は、彼らの不満を軽視せず、飴と鞭の両面作戦に出た。それが無理筋の小田原征討であり、それに続く奥州仕置であったと見ています。逆らった北条は潰し、伊達氏の領は大きく削りました。これが鞭策。両家から奪った二百数十万石を気前よく配下の名衆に配るのが飴策です。これにより国内はおおむね安定しました。

この間、賢い家康は秀吉に一切逆らいませんでした。命じられた役目を誰よりも忠実にこなしています。「秀吉が次に目をつけるなら徳川」これは間違いない。彼は律義な田舎者を演じ続け、秀吉に討伐の名分を与えませんでした。かくて徳川家は生き残り、家康は豊臣政権の重鎮として天下への地歩を固めていくのです。

で、頼りになる国衆、地侍衆は数が少ない。さらに織田軍には、兵庫助を始めとした旧朝倉の重臣衆が加勢するから、富田が信頼を失墜させている今現在、ほぼ一揆方に勝ち目はあるまい。

「今なら、黙って兵を入れれば必ず勝てる。越前一国を取り戻せる。信長公ともあろうお方が、この理屈に気づかれぬ道理がない」

と、重臣は自信ありげに話を結んだ。誰もが織田軍の来援を確信していた。

八

だが、与一郎の書状を読んでも、秀吉が動くことはなかった。信長に働きかけることもしなかったのである。

数日後に弁造が小谷城から持ち帰った秀吉の書状によれば——

昨年、武田勝頼《かつより》が東遠江の丘陵地帯に、諏訪原城《すわはらじょう》を構築した。この城は、徳川方の東遠江防衛の拠点たる高天神城《たかてんじんじょう》攻略のための付城だ。勝頼は虎視《こし》眈々《たんたん》と徳川領遠江を狙っている。

徳川の同盟者である信長としては、遠江戦線に強力な援軍を送らざるを得ない。

越前へ出兵している余裕はないのだ。さりとて秀吉の手勢三千人だけで騒乱の越前国へ乗り込むのは無謀である。

さらに季節が悪い——と、秀吉の書簡は嘆いていた。

越前の湿って重たい雪に、尾張や美濃、近江の兵は往生するだろう。北国の雪に織田方の行動は制限される。総じて「今は静観あるのみ」との言葉で秀吉は書状を結んでいた。

「この書状をどうする?」

織田城内に与えられた居室内で主従三人で額を寄せ合い、善後策を話し合っている。与一郎は、読み終えた秀吉の書状を左門に回しつつ、弁造に質した。

「まず、その前に」

与一郎に一言断って、弁造は左門の手から書状を取り上げた。

「左門、おまいは殿の家来になってまだ日も浅い。密書を読むのはまだ早い」

「さ、さいですか」

左門がしょんぼり項垂《うなだ》れた。与一郎と弁造は激しく睨み合ったが、ま、弁造の言い分にも一理はある。

「で、秀吉様の書状、このまま兵庫助様にお見せするべきかな? どう思う?」

「いつ頃までには来援するとの言葉すらございません。兵庫助様以下、織田城の方々はさぞや落胆されるでしょうな」

弁造が小声で呟き、さらに続けた。

「下手をすると織田城ごと富田側に寝返りかねん。殿も我らも殺されまする」

弁造が悲観論を述べた。確実に言えることは、織田方の間者の首三つなら、富田へのよい手土産となるということだ。

「分かった」

と、与一郎は弁造の手から秀吉の返書を取り上げ、囲炉裏の火にくべて燃やしてしまった。

「兵庫助様には、書状の内容をそのまま伝えるとしよう。ただし、文末には『雪が解けたら必ず、一万の兵で越前国に攻め込む』と書いてあったことにする。えぇな」

「御意ッ」

弁造が頷き、それを見て左門も倣った。援軍一万――絵空事だが嘘も方便だ。

書状の内容を聞いた兵庫助と重臣たちは、やはり落胆した。兵庫助は声もなく俯き、重臣たちは愚痴をこぼし始めた。

「惜しい。実に惜しい。今来れば勝ち戦は間違いないのだが」

「越前一国、一向宗に献上するようなものよ」

与一郎も「その通りや」とは思うのだが、なにせ信長は四方を敵に囲まれている。武田に上杉《うえすぎ》、加賀一向一揆と摂津《せっつ》石山本願寺《いしやまほんがんじ》、西には毛利《もうり》と長曾我部《ちょうそかべ》――敵だらけで、越前に兵を送る余力がない。むしろ国内が乱れ、相互に対立し「当面は信長領に攻め込んでくる怖さのない越前」は後回しとされたようだ。

ただ「雪が解けたら、一万の援軍がくる」との与一郎がついた嘘には、誰もが勇気づけられたようだ。

「後、二ケ月《ふたつき》もすれば雪は解ける。この地で援軍を待とう」

織田城は、大野の朝倉景鏡や安居景健と連絡を取り合いつつ、守りを固めた。

その間にも越前の情勢は刻々と変化し続けていた。

一揆衆が、なんと富田長繁を見限ったのだ。狂犬富田と袂を分かち、隣国加賀の一向一揆に乞うて本願寺の坊官である七里頼周《しちりよりちか》を指導者として迎えたのである。

坊官とは元々、門跡寺など格式の高い寺院で政務を担当する事務僧侶であった。それが乱世となり、僧体ながらに刀を佩び、甲冑を着込み、今や一向一揆を軍事的に指揮するまでの存在になっている。

（結局、三万人の一揆軍、まんまと加賀の一向宗に乗っ取られたわ）

与一郎は地団駄を踏んだ。これで加賀国と越前国は、共に本願寺の勢力下に置かれ一枚岩となった。加賀の一向一揆軍は総勢十数万とも言われる。そこに越前の三万人が加わるのだ。とんでもない大勢力が北陸の地に誕生したことになる。

一方、富田長繁はわずかな手勢を率い、自分を捨てた一揆軍と対峙し、孤軍奮戦を続けていた。しかし二月十八日、裏切った家臣に背後から鉄砲で撃たれ、呆気なく倒れた。享年二十四。一揆衆を焚きつけての旗揚げから、わずか一ヶ月間の越前支配であった。以降、越前の騒乱は宗教色を帯び、国一揆から一向一揆へと変貌を遂げていくのである。

「富田は家臣に撃たれて死んだ。しかも、背後から撃たれたのですぞ」

左門の塩煎豆を頬張り、ポリポリと噛み砕きながら弁造が言った。

「世も末やな」

膝を抱えた与一郎が、囲炉裏の炎を見つめてボソリと呟いた。

「その富田もまた、主人である朝倉を裏切り滅ぼしている。民百姓はもう、忠義や信義などの徳目には愛想が尽きた。なんの役にも立たんことがバレてしまったのでござる。その結果、今は弥陀《みだ》の慈悲に縋《すが》ろうとしとるわけですわ。つまり一向宗やね……極めて分かり易いですやろ」

そこまで言って、弁造はまた煎豆を口に放り込んだ。

織田城の夜。囲炉裏端《ばた》で主従三人、濁り酒を楽しんでいる。弁造は、左門への警戒をまだ解いていないようだが、それでも彼の煎豆は大層気に入ったらしく、ボリボリと大きな音をたて、誰よりもよく食らった。

「忠義か……今の世相には合わんのかのう」

与一郎が嘆息を漏らした。

「ええですか殿」

今度は左門が自説を述べ始めた。

「忠義にしろ信義にしろ、徳目を実践するには自らを律せねばなりませぬ。これは難しゅうござる。その点、ナンマンダブなら称名するだけで弥陀が極楽に連れて行ってくれる。そりゃあ、人は安直に流れるものでござるよ」

「まあな……でも」

与一郎が言葉を継いだ。

「少なくとも俺がいた頃の浅井家では、徳目としての忠義が立派に浸透しておったのよ。疑問を感じる者など誰一人おらんかった」

「ハハハ、殿は酔っておられる」

弁造が声を上げて笑った。

「阿閉家は？　磯野《いその》家は？　新庄《しんじょう》家は？」

三家共に、主家を見捨て、今は仇である織田家や羽柴家に奉公している。

「黙れ！　この根性悪の元山賊がァ」

癇癪《かんしゃく》を起した与一郎が、煎豆を一粒摘まみ、弁造の顔に投げつけた。

ペチッ。

「あたッ」

僧体の大男が顔を顰《しか》めた。

桂田長俊と富田長繁は二人とも無茶が祟《たた》って身を滅ぼした。

当時の落首に曰く——

「桂田と富田二段の争いも　果ては鎌にて穂首《ほくび》切られぬ」

桂田と富田を田圃《たんぼ》の稲穂に見立て、不毛な争いを冷笑している。無論、鎌は農民中心の門徒衆《もんとしゅう》を指しているのだろう。名もなき庶民の心境がよく伝わる。

九

ウグイスが鳴き、根雪が解けても、信長と秀吉が動く気配はなかった。

富田が滅んだ後の越前国は、七里頼周が率いる一向一揆軍と、信長の来援に希望を繋ぐ旧朝倉の重鎮たちが対峙する形となっている。

「与一郎殿、まだ援軍は来ぬのですか？」

顔を合わせるたびに、兵庫助が泣きそうな顔で訊ねた。

「も、申しわけございません」

兵庫助に「雪が解けたら一万の援軍がくる」と出鱈目《でたらめ》を言ったのは自分だ。秀吉は「耐えて待て」とは伝えてきたが、援軍を寄越すとは言っていない。

「幾度も小谷城に催促の書状を送ってはおるのですが、やはり遠江の戦況が思わしくなく、越前への派兵は先延ばしになっている由にございまする」

ここは只管《ひたすら》平伏して詫びるしかなかった。

ただ、秀吉へ幾度も催促の手紙を送っているのは事実だ。戻ってくるのは「耐えて待て」との返事ばかりだが――。

織田城内では、肩身が狭いこと夥しい与一郎ではあったが、やるべきことは着々と進めていた。

秀吉が、与一郎を織田城に居残らせた理由の一つに、兵庫助の救出があった。もし城が一揆側に攻め落とされた場合でも「兵庫助殿を小谷城まで無事に連れてこい」というのだ。兵庫助は、朝倉の一門衆であると同時に、織田家発祥の地の領主として織田姓を名乗っている。今後、信長が越前国を統治するに際して、格好の「お飾り」となるらしいのだ。

「色々と使い道はあるがね」

と、狡猾そうに微笑む秀吉の顔が脳裏に浮かんだ。

ただ、兵庫助は一城の主である。家臣たちの手前、逃げ出す準備をするわけにもいかない。次善の策として与一郎は、兵庫助の家族——生母と妹二人——を、敦賀の喜内之介の元へと逃がしたのだ。道案内兼護衛として弁造に三人を敦賀まで送らせた。母娘を敦賀まで無事に送り届けた弁造は、六日で織田城に戻ってきた。

「どうやった、敦賀は？」

「みなさん、お元気そうでしたわ」

「そりゃよかった。その……於弦はその後、どうなった？」

「まだ行方知れずやそうです。ただ……」

「ただ？」

思わず身を乗り出した。

「半弓を手に、北へ向かう娘を見たとか……色々と噂はあるらしいですわ」

「ふ〜ん」

「やはり、お気になられますか？」

「あほう。俺は毒矢を射込まれそうになったんやぞ。あんなお転婆、知らんわ」

と、そっぽを向いたが、その肩はわずかに震えていた。

四月に入ると、七里頼周が動いた。

大野亥山城に拠る朝倉景鏡を、大軍をもって攻めたてたのだ。景鏡は亥山城では支えきれず、北方の白山《はくさん》平泉寺にまで逃れたが抵抗もここまで、哀れ一揆軍に討ち取られた。

同年同月。勢いにのる一向一揆軍は、遂に織田城へと押し寄せてきた。

「ハハハ、雲霞《うんか》の如《ごと》き大軍とはようゆうたものやなァ」

織田城大手門の矢倉上で、上機嫌の与一郎が笑った。わずか百三十人が籠る小城は、今や一万からの一揆軍に文字通り十重二十重《とえはたえ》に囲まれている。

「あれ全部、殿の敵方でっせ？」

具足姿の左門がうんざりした表情で与一郎に囁いた。大軍に囲まれて喜んでいる——確かに変だ。

「目に物見せてくれるぞと、気分が高揚せんか？」

与一郎が弓の弦をビンと弾いた。

「一切盛り上がりませんな。ウラは長生きがしたいでござる」

そう仏頂面で答えて、背中の頭陀袋を背負い直した。

「ふん。細く長くか？」

「殿は、太く短くでござるか？」

「俺は……太く長くや、ハハハ」

「なあ左門よ。一つ教えてくれや」

一揆の大軍を睥睨していた弁造が、浮かれる与一郎越しに呼びかけた。

「へい兄貴、なんなりと」

「一揆衆の幟旗やけどなァ。進む者は極楽往生する……これは分かるわな。でもよォ。退く者は無間《むけん》地獄つうのは、ええのかいな？」

一揆勢の幟旗や流旗には、南無阿弥陀仏の他にも「進者往生極楽　退者無間地獄」との十二文字が描かれていた。

「悪人でも追いかけ回して、極楽に連れて行くのが弥陀やないのかい？　戦で逃げたぐらいで地獄って……俺なんぞ七三で逃げが多いわ」

「退いても極楽ゆうてたら、誰も戦わんでござるよ」

「まあな」

「事情に応じて教えも変わるんですわ。信心も人のやることとでござるからな」

「ハハハ、なるほど。殿……ほら、あれを御覧じろ」

と、弁造が寄せ手の方を指さした。

七里頼周は端《はな》から力攻めにはせず、まずは使者を送ってきたようだ。当世具足を身に着け、兜だけを脱いだ若い僧侶が一騎、こちらへとやってきた。矢倉から二十間（約三十六メートル）離れて馬を止め、大声で呼びかけた。

「これは軍使にござる。織田兵庫助様にお目通り致したい」

「今、門を開け申す。お入りあれ」

と、矢倉の指揮を執る重臣が応じた。

交渉の席には重臣たちのみがついた。援軍が来ないことで信用を失っている上に、元より与一郎は部外者である。交渉の内容については何一つ知らされない。

その夜、弁造に起こされた。

「兵庫助様がお見えにござる」

「お見えって……どこへ？」

「ここへ。殿に内密な御相談がある由にござる」

慌てて身支度を整え、兵庫助に会った。子供用の甲冑を着けている。

（城は一揆軍に囲まれとる。大将が鎧を着ていて、なんの不思議がある？）

――そうも思うが、やはり違和感が拭えない。十一歳の童の甲冑姿――なにかあったのだろうか。

「お恥ずかしいことながら……私は、家来どもに見捨てられ申した」

「と、申されますと？」

言葉の内容に驚いて、兵庫助の丸い顔を覗き込んだ。蠟燭《ろうそく》の炎が揺れ、円《つぶ》らな瞳も揺れて見えた。

七里頼周は城兵たちの身の安全と、重臣たちの所領を安堵することとの見返りに、兵庫助の首級を求めてきたというのだ。

(なんやそれは。坊官とはいえ七里は僧侶やろうに。童の首を所望するとは……世も末や)

獄門台上で焚火に照らされていた万福丸の首が、瞼《まぶた》に浮かんだ。

「なるほど。御家来衆は我が身可愛さから、兵庫助様の御首級を差し出すことに決めた。つまり、そういうことですか?」

「あの者共もさすがに『首を獲る』とまでは申しませぬ。ただ、身一つで城を出て欲しいと言われ申した」

幾ら乱世の習いとはいえ、主と仰いできた子供の首を刎ねるのは憚《はばか》られたのだろう。信長よりは余程人間らしい。一揆側としても、戦わずして山城一つが手に入るのだから、然程に煩《うるさ》いことは言うまい。

「是非もござらん。御家来衆の気が変わらぬ内に、逃げるに如《し》かずでござる」

兵庫助の母と妹二人を逃がしておいてよかった。与一郎主従三人と兵庫助の四人なら、なんとか尾根を伝い抜け出られそうだ。兵庫助が疲れたら弁造か自分が背負えばいいだけのことである。

「では、北近江の小谷城までお供致しまする。まずは敦賀に寄り道し、御母堂様、妹御たちと合流致しましょう」

「宜しくお願い致します」

まず与一郎は、兵庫助の甲冑を脱がせた。板札《いたざね》が擦れると音がするし、なにより重い。子供用なりに豪華な当世具足だから、落武者狩りに目をつけられても困るのだ。

与一郎と弁造も、荷物になるようなものはすべて城に置いていくことにした。敦賀までの旅程は一泊二日だ。雪の季節でもなし、物がないからと死ぬことはあるまい。ま、弓矢と六角棒だけあればいい。ただ、左門は頭陀袋を手放すのを「この袋は、ウラの命でござるよ」と完全に拒絶した。

例によって、城内から穿たれた間道《かんどう》を抜けて城外へと出た。城のすぐ外には敵兵がいない——乃至《ないし》は少ないのが、山城のいいところである。間道の出口は、鬱《うつ》蒼《そう》たる青木の繁みの中に開いていた。

今夜は旧暦四月の十五日で、月齢は望月だ。夜を通して大体空には月があるから、山道でも歩きやすい。うねうねと続く山並みを縫い、可能な限り尾根伝いに西を目指した。織田城から海岸までは一里（約四キロ）強ある。月は西に沈むから、月を追いかけて歩けば、大概は海に出よう。

夜道や山道に慣れた弁造が先頭を歩き、与一郎が兵庫助を背負って続く。殿軍は頭陀袋を背負った左門である。与一郎の弓は左門に持たせていた。百丈（約三百メートル）程の低山帯なので、尾根や頂を歩いても木々が生い茂っており、眺望は利かない。黒々とした梢《こずえ》を透かして満月が窺えるだけだ。

「海にさえ出れば、南に歩くもよし。舟を見つけるもよし」

「この時季は波が静かやから、舟もええですなァ」

「ウラは舟は駄目や。揺れると気持ちが悪くなるでござる」

「首を獲られるよりましやろ。揺れぐらい我慢せい」

一行は、そんな無駄話を小声で交わしながら尾根筋を進んだ。与一郎の背中では、兵庫助が静かな寝息を立てている。

先頭を歩く弁造が、急に足を止めた。

「どうした？」

「あれ……人ですやろ？」

顎でしゃくった彼方を見れば、尾根筋の踏み分け道の先に、人影らしきものが月の光に照らし出されている。こちらを見ているようだ。半町（約五十五メートル）ほどの距離か。

「おいおい。まずいですぞ」

振り向いて後方を窺った弁造が呟いた。後方を見れば、やはり半町離れて人影がある。

「囲まれました」

「誰や？　武士か？　落武者狩りか？」

「さあね……でも、十人はいます」

「殿、お弓にござる」

と、左門が大弓を差し出した。目を覚ました兵庫助をその場に下ろし、弓を受け取った。城を出るときに予《あらかじ》め弦は張っておいたから、矢を番《つが》えさえすればすぐにも射ることができる。

「子供連れだし、夜道だし、こちらには地の利がない。走って逃げるのは無しや。この場で戦う。右手の大木を陣地としよう」

径一尺（約三十センチ）ほどの立木を四人で囲むようにして布陣した。

「声を出してはいけませんよ」

弓の弦に矢を番えながら兵庫助に囁いた。

早速、前方の人影に向けて弓を引き絞った。

「おい、おまい」

弓を引き絞ったまま、人影に向かって声をかけた。

「俺たちは一向一揆の者や。おまいは誰や？」

「……」

返事がない。じっとこちらを見ている。不気味だ。

「返事をせんと、敵と見做《みな》すぞ。今一度訊ねる。おまいは誰や？」

「……」

(正射必中、南無三)

心中で唱えてヒョウと放った。当ったか否かを見定める前に、次の矢を番え、後方の人影に矢を向けた刹那——

「ぎゃあ」

前方の影が呻《うめ》き声をあげた。それを聞いた後方の人影が木陰に身を隠そうとしたが、与一郎の矢が一瞬早かった。矢は彼の首を貫いたのだ。

「うがッ」

(これで二人や)

「気をつけろ。弓の腕が相当やわ」

暗い繁みの中から男の声がした。冷静な大人の声だ。その声を目がけて第三の矢を放ったが、今度は矢が草をかすめる音だけが虚《むな》しく響いた。外れたようだ。

ボクッ。

「ギャッ」

振り返れば、弁造が六角棒を振り下ろしている。

ゴツッ。

とどめの一撃だろう。敵は呻き声一つ上げずに往生したようだ。

「これで三人殺した……おい、こら、まだやる気か？」

闇に声をかけたが、返事はない。

「まだいますぜ。四、五人の気配がまだある」

弁造が、辺りを警戒しつつ報告した。

茂みがわずかに揺れた。人影らしきものを目がけ、神速で矢をヒョウと放つ。

少し狙いが下だったたか。

「あがッ……アイタタタタ。腹に矢が、ぬ、抜いてくれ～」

腹に当たったようだ。これはよい機会だと思った。

「早う小屋に帰って手当をせい。遅くなると助かる命も助からんようになる。おい、聞こえとるのか？　仲間、死ぬぞ！」

「た、助けてくれ〜。死にたくねェ〜」

「ひ、退けッ」

最前の大人の声が撤退を命じ、草擦れの音が四方に遠ざかり、静かになった。

「おっかねェもんでござるなァ」

左門が大きく息を吐いた。

「ウラ、小便《ゆばり》ちびりそうでござったわ。あいつら、何者や？」

「一揆衆にしては肚が据わっとる。落武者狩りにしては身のこなしがよすぎる。おそらくは山人《さんか》やろうな」

山人――山中で流浪生活を送る山の民である。

「急ごう。仲間を連れて戻ってくるやも知れん」

弓を左門に渡し、兵庫助を背負いながら弁造に命じた。

敦賀で兵庫助の母や妹と合流、織田城を出てから三日後に与一郎は小谷城へと帰還した。

十

人望の薄い桂田と狂犬の富田が滅び、旧朝倉の重臣たちも大野の朝倉景鏡が死に、織田城は一揆勢の手に落ちた。まだ安居城の安居景健が頑張っているが、越前国の九割方は一向一揆に抑えられたといっていい。大きな抗争が無くなり、ある意味目下の越前は平穏無事になっている。

ただ、秀吉としては安閑としていられない。強硬な本願寺の勢力圏が、自領の北近江と境を接することになったのだから。

「厄介やな。ワシの手勢は三千そこそこや」

と、秀吉が自分の首筋を叩いた。

与一郎は広縁に控え、秀吉に帰国の挨拶と越前情勢の報告をしている。

「三千人で、一揆軍が越前から南下するのを防ぎ止めねばならぬ。一揆の数は、一万か？　二万か？」

「この二月の段階では、三万余と言われておりました」

「こらこらこら。十倍かい。手に余るのォ」

秀吉が天井を見上げて腕を組み、嘆息をもらした。

「今は東遠江も一息ついておるやに伺っておりまする。上様（信長）に救援を乞うては如何？」

与一郎が提案した。

「たァけ。同じ一向宗でも上様の目は、もう他に向いておられるわ」

「他とは、何処にございまするか？」

「長島や……上様には大鬼門の伊勢の長島だがや」

秀吉が忌々《いまいま》しげに、かつて信長が二度遠征し、二度とも追い払われた一向一揆の拠点の名を呟いた。

「確かに、あちらも一向宗にございまするな」

「ほうだがや。あっちもナンマンダブ、こっちもナンマンダブだわな」

秀吉が、滑稽な仕草で左右を拝んでみせた。

越前や加賀の一向一揆と、長島の一向一揆が連携されてはかなわない。秀吉はおろか、織田家そのものが危うくなる。

「それからな、与一郎」

秀吉は真顔に戻り、扇子の先で己がすぐ前の畳を叩いた。近くに寄れというのだろうから、膝進《しっしん》した。

膝進――屋内で貴人に接近する際、膝でにじり寄る、にじり下がる移動作法を指す。

「はッ」

と、秀吉の目の前で畏まった。なにか新たな役目でも仰せつかるのかも知れない。ひょっとして昇格させてくれるのか――少し期待した。

「ワレは……不憫やが、また足軽暮らしに戻っとれや」

「え……はあ」

正直落胆した。力が抜けた。

越前で受け取った秀吉からの手紙には「自分の小姓と名乗っていい」と書かれていた。あれで士分に昇格したものと思っていたからだ。

（確かに「小姓と名乗っていい」と書いてあっただけや。別に「小姓にする」とは一言も書いてなかった……甘くはないのう。甘いのは俺自身や）

本来は鎌倉以来の名家で、須川城主の遠藤家を率いた与一郎である。越前では国衆である兵庫助やその重臣たちとも対等に交渉してきたのだ。今さら陣笠を被って足軽身分へ戻れと言われても辛い。自分が雑兵の列にいるのを兵庫助が見たら、彼はどう思うだろうか。大和田左門は、足軽の家来で辛抱してくれるのだろうか。

(俺もええ加減やなァ)

与一郎は内心で自らに冷笑を浴びせた。

(この一月、越前に発つころまでは、恨み重なる織田家での出世など『一切望まん』と心に誓っておったはずや。それがどうしたことか、今では士分になり損ねただけでガックリきとる)

「こらッ」

「ははッ」

扇子でペチンと月代《さかやき》を叩かれ、慌てて平伏した。

「たるそうな面をすな」

落胆が顔に出ていたようで、叱られた。

「何度もゆうとるが、おみゃあは凶状持ちだがや。士分に取り立てるには、上様を納得させるほどの手柄が要るがね。兵庫助殿を無事に連れ帰ったのはお手柄やったし、越前の消息もそれなりに有用やった……が、まだまだ足らん。もう一つ、二つ武勲が要るわな」

「御意ッ」

「ハハハ、ま、がんばりゃ」

と、腕を伸ばし与一郎の頰をつねって笑った。

第三章　根切り戦――燃える輪中

一

天正二年（一五七四）五月、武田勝頼《たけだかつより》は徳川領遠江の高天神城《たかてんじんじょう》を二万五千の大軍で包囲した。

同六月十四日、徳川家康の要請を受けた織田信長は、大軍を擁して岐阜を発ち、高天神城の救援に向かった。

同六月十七日、信長は東三河の吉田城に入り、浜松城《はままつ》から出迎えにきた家康と合流した。

「さあ、武田退治だがね」

織田と徳川、両軍の士気は大いに挙がった。だがその翌日の六月十八日、「高天神城降伏の報せ」が吉田城に舞い込む。

「不甲斐無し！　なんたることか！」

と、激怒したのは信長ではなく、むしろ家康であった。

本来は対等な同盟者とはいえ、この時期の信長と家康の間柄は主従関係のそれに近い。己が家臣である高天神城代が安易に降伏したことで、信長に無駄足を踏ませてしまった。家康としては、激怒して見せるより他に仕方がなかったのであろう。

余談だが――この時、勝頼に降伏した高天神城代は小笠原信興《おがさわらのぶおき》という遠州侍だった。小笠原はそのまま勝頼に仕えたが、八年後の天正十年（一五八二）に武田家が滅亡すると、北条氏政《ほうじょううじまさ》を頼って小田原へ逃げた。その後、家康は氏政と縁戚関係を結ぶと、小笠原の処罰を強く求めた。止む無く氏政は彼を処罰している。家康、意外に執念深い。

救援すべき高天神城が、すでに敵の手に落ちたのでは致し方がない。信長は撤収し、六月二十一日には岐阜へと帰還した。

「小一郎、どえりゃあことだがや！」

秀吉は岐阜から戻るなり、留守を任せていた弟の長秀を呼び、目を剝いた。

秀吉は、北陸方面への備えであるから、今回の遠江遠征には招集されなかった。小谷城に居残りである。ただ「自分の仕事は、北の護り」とのんびり構える秀吉ではない。

織田信長という苛烈で気まぐれな主人に仕えるのは難しい。秀吉は、織田家家臣として自分が生き残る道は「気働き以外にない」と本気で考えている。不首尾に終わった遠征から主人が戻ると聞き、秀吉は折から旬を迎えている琵琶湖の小鮎《こあゆ》を手土産に、岐阜へと馬を走らせた。おそらくは不機嫌であろう主人に拝謁し、巧みな話術で「その心を解きほぐしてやろう」と考えたのだ。ところが秀吉は、その日の内に岐阜から十三里（約五十二キロ）の道を、馬を替えつつとんぼ返りしてきた。

「どうしなすった？」

鷹揚《おうよう》な弟が、まだ息が上がったままの兄の顔を覗き込んだ。

「参ったわ」

そう呟いて、兄は弟に向き直った。

「例の長島だがね。一気に攻めるそうな」

「上様は近々長島を叩かれる。かねてよりそういうお話でしたがね。ま、別段驚くようなことでも……」

「出陣は六月二十三日だとよ」

弟の言葉を遮って兄が呻いた。

「えぇッ。明後日《あさって》にございまするか？」

長秀が目を向いた。

「ほうだがや……早過ぎるわ」

「武田討つべし」と勇んで出陣した織田将兵の意気込みは、高天神城の降伏で肩透かしを食らった。兵たちのやり場のない戦意を、闘争心を——過去二回も討伐に失敗し、恨み骨髄の長島一向一揆へと振り向け、間髪《かんはつ》を容《い》れず一気に勝負をつける——如何にも信長が考えそうな策だ。

「ワシは困るがね」

秀吉は長秀に顔を寄せ、声を潜めた。

「越前は現在一向一揆に押さえられておる。もしワシが今、多くの兵を長島に差し向ければどうなる？」

「越前の門徒衆は、長島の門徒衆援護のため、必ずや南下してこの北近江を襲いましょうな」

「ほうだがや。我らは守りを固めねばならねェ」

「御意ッ」

「さりとて、織田家が全軍を挙げて遺恨を晴らさんとする此度の長島攻めに参加しねェと、ワシは、柴田《しばた》や丹羽《にわ》、滝川《たきがわ》といった競争相手に後れを取りかねん」

三度目の正直という言葉もある。今回こそ「長島城は落ちる」と秀吉は見ていた。浅井と朝倉は滅ぼした。武田は高天神城で徳川と睨み合っており、今は出てこられない。好機とばかりに、信長は「十二万の大軍を投入する」と豪語したのである。

「じ、十二万！」

長秀が天井を見上げた。

一揆軍は十万とも言われるが、女子供老人を含めた数だ。さらには、永禄十二年（一五六九）に織田家傘下に入った九鬼《くき》水軍を本格的に動員するのも大きい。巨大な安宅船《あたけぶね》を投入することで、長良河口での制海権を握れそうだ。総じて、十中八九は織田方の勝ち戦で――

「勝ち戦と決まった長島討伐に、ワシだけ出る幕なしとは……小一郎、これ、どうすりゃええのよ？」

と、秀吉は歯ぎしりをして悔しがった。

「兄さ、もしなんなら、ワシが行きますで？」

「え？　おみゃあが？」

「ほうですわ。兄さの手勢三千の内の一割……三百人ほどお貸し下され」

「たァけ」

秀吉が落胆した様子で、長秀の月代を軽く小突いた。

「三百ではなんもできんわ。むしろ上様から『格好だけ兵を出し、帳尻でも合わすつもりか、見苦しい』とお叱りを……や、そうでもねェか？」

秀吉は目をギョロつかせて、しばらく考えていたが、やがて長秀の肩をポンポンと二度叩いた。

「やっぱ、おみゃあに三百貸したるわ。長島に行け」

「ははッ」

「気は心ともゆうからのう。長島攻めに一人も送らんよりは、二百でも三百でも送った方がええやろ。ま、頑張ってこいや」

兄は弟を見てニヤリと笑った。

翌二十二日の早朝、秀吉は弟の木下長秀に三百の兵を与え、信長の元へと急行させることにした。与一郎が属する藤堂与吉を小頭とする足軽組も、長秀の麾下《きか》に入り、岐阜へ向かう三百人の中に含まれていた。

出陣に先立って、秀吉は三百の兵士の前で大音声《だいおんじょう》を張り上げた。

「おみゃあたちは、たったの三百人やが、死ぬ気で三千人分の働きをしてこいや。上様に戦いぶりを褒めてもろうた奴には、ワシがなんでも報いてくれる。領地でも銭でも女でも思いのままよ」

気炎をあげると、三百の木下長秀隊は拳を突き上げて大いに盛り上がった。

この欲得尽《よくとくずく》の功利主義は、秀吉が死ぬ四半世紀後まで羽柴家から豊臣家へと引き継がれて延々と続いた。彼の死後、忠義や正義を掲げた頃から、この家はめっきり戦に勝てなくなった。

岐阜へ向けての行軍中、与一郎は一軍を率いる木下長秀に呼ばれた。小頭の藤堂も「一緒に来い」と言われ、同道している。

「藤堂与吉、大石与一郎、参りました」

馬の背後から藤堂が一声かけると、兄とは全く似ていない弟が振り向き、少し微笑んだ。

「ちいと面ァ貸せや」

顔も性格も似ていないが、言葉が下品なところだけは兄弟よく似ている。長秀は、馬首を巡らせ行軍の列から離れた。

路傍で馬を下り、手綱を小者に託すと、その場にしゃがみ込んだ。

「ま、おみゃあらも座れ」

仕方なく、傍らに二人並んでしゃがんだ。長秀は毛引威《けびきおどし》の立派な具足に、金の刺繍《ししゅう》が入った豪華な陣羽織を着ている。堂々たる一手の大将だが、徒士《かち》と足軽と三人並んでしゃがんだ格好は、どうみても百姓が野良で世間話をしている風にしか見えない。

「話とゆうのは他でもねェ」

「はッ」

「おみゃあの毒矢の腕、使わせて貰おうと思うてのう」

と、采配で与一郎を指した。

「ど、毒矢の腕を？」

「その箙《えびら》の矢もすべて毒矢なのか？」

と、与一郎の腰の箙をやはり采配で指した。紙の総《ふさ》が与一郎の顔の前で、ワサワサと揺れた。

「いえ、普段は毒矢など使いませんので」

「では、毒は別途持っておるんか？」

「いえ、持ち歩いておりません」

「たァけ。関ケ原の刑場を襲った毒はどうしたのよ？」

「あの……」

身も蓋もない発言に、藤堂と与一郎は困惑して顔を見合わせた。藤堂が「お答えせェ」と顎をしゃくるので、重い口を開いた。

「あの折は……野に生えたトリカブトの根を掘り起し、磨《す》り潰して仕《つかまつ》り申しました」

「ならば今回もそうせえや」

「しかし、なかなかそれが……」

トリカブトの開花期は夏以降だ。本日は旧暦の六月二十二日で、新暦に直せば七月十日に当たる。花はまだ咲いていない。与一郎が刑場を襲った昨秋には、花が残っていたから何とか見分けがついたが、花がなければ素人の与一郎には、ニリンソウやヨモギと見分けがつかない。

「そこはなんとかせい」

と、丸投げされた。藤堂が諂《へつら》うように頷いている。

「毒矢を、それがしにどう使えと仰せなのでしょうか？」

「それはな……」

要は、敵の兜首を狙って「毒矢で射殺《いころ》せ」というのだ。一向一揆は数こそ多いが、所詮は百姓の集まりで烏合《うごう》の衆とも言える。指揮を執る兜武者を一人倒せば、通常の軍勢以上に動揺が大きく、浮き足立ち、組織は崩壊しやすい。

「ならば……」

ここで藤堂が話に割って入ってきた。

「弓よりも鉄砲を使った方が確実なのでは？」

「鉄砲がドカンと鳴れば、誰もが首を引っ込めてまうがね。一人しか殺せん。でも弓なら音はしねェし、火花も煙も出ねェ。つまり姿さえ隠して射れば、幾人でも次々に射殺せる……違うか藤堂？」

(それに毒矢を使うから、たとえ急所を外しても体に当てさえすればええ。後は毒が仕事をしてくれるわ)

と、与一郎は心中で算盤《そろばん》を弾いた。

「御意ッ」

藤堂が、しゃがんだまま頭《こうべ》を垂れた。

「ええか、大石」

と、声を潜めて、長秀は与一郎を睨んだ。

「兜首を最低でも十人倒せ。そうすれば、此度の越前での働きと併せ、大石は士分に取り立てて貰える。殿（秀吉）が請け合うてくれた」

「あ、有難き幸せ」

「藤堂は組を挙げて便宜を図れ。大石が士分になるときは、おみゃあも一緒に馬乗りにしてくれる。その代わり兜武者十人やぞ、一人も負けられん。ええな？」

「御意ッ！」

と、二人しゃがんだまま頭を垂れた。

与一郎以上に張り切ったのは藤堂であった。麾下の足軽たちを集めて与一郎へ協力するよう求めた。

「ええか、ワシら十二人は兄弟や」

小頭に足軽が十人で計十一人。そこへ「与一郎様の家来」を自任する大和田左門が加わって計十二人だ。

「ワシと与一郎が先陣を切って出世するが、おまいらのことも必ず引き上げてやる。皆で馬に乗り、槍を立てて歩く身分になろうや」

そのためには鏃に塗る毒が要る。かくて藤堂組は行軍の列から離れて森に入り、一丸となってトリカブトを探すことにした。

「川沿いの湿った繁みに生えとるぞ。手分けして探せ」

トリカブトは、紫色の小さな花が群がって咲く。それがよい目印になるのだが、今は開花期ではないので、葉の形で探すしかない。与一郎も敦賀では花を目当てに探したものだ。「葉だけを目当てに」と言われても自信が持てなかった。

「葉っぱは、ニリンソウかヨモギによう似とるでござるよ」

左門が「兄弟たち」に教えた。ニリンソウもヨモギも茹《ゆ》でれば食える。足軽奉公をするような者は例外なく貧乏人の倅だから、この二種の雑草に関しては、大抵摘んだ経験があるものだ。ニリンソウかヨモギを目当てに探せば、話は早そうだ。

「おまい、毒草に詳しいのか？」

草叢《くさむら》を漕《こ》ぎながら弁造が左門に質した。

「そうでもござらんが、ま、心得程度には」

「大したもんや」

「俺がゆうたとおりやろ。左門は使える男なんや」

やはり藪漕《やぶこ》ぎをしながら、与一郎が嬉しそうに囁いた。

「怪しいと思ったら引っこ抜いて根を見るでござる。太い塊根《かいこん》になっとればトリカブトかも知れん。ウラに見せるでござる」

ただ毒草など、そうそうあるものではない。大抵はヨモギで、根は細かった。

半刻（約一時間）ほどして、ようやく義介が塊根を掘り当て、与一郎のところに見せにきた。見た目はずんぐりとした「白っぽい人参《にんじん》」の姿である。親根から、さらに幾筋かの太い子根が伸びている。葉の形状や香りからもトリカブトに相違ないと判断した。左門を窺うと、彼も黙って頷いた。

「ようやった。これや」

夏には親根が猛毒を蓄えるが、秋から冬にかけて、毒素は子根に移動し、親根の毒は薄まると於弦は言っていた。

「今は夏や……毒が強いのは、確かに親根か？」

「さて、それは……でござる」

さすがの左門もそこまでは知らない。自信なげだ。

「ま、両方試してみることやな」

与一郎は、親根と子根の一部を同量切りとり、別々に石で砕き潰し、それぞれ極少量を指の股に挟んでみた。

「うッ、こりゃきつい……上物や」

指の股に激痛が走り、思わず顔を顰《しか》めた。

慌てて沢の水でよく手を洗ったが、洗った後も痺《しび》れはしばらく去らない。相当に強力な毒性とみた。

「これなら親根でも子根でもええ。どっちでも効きそうや。両方持っていこう」

その後も幾株かのトリカブトを掘り当てた。左門の「探し方」が奏功したようだ。それらの塊根をすべて晒に巻いて左門の頭陀袋にしまった後、本隊の後を追って駆け出した。


木下隊が岐阜に到着した日の翌朝――六月二十三日。

信長は美濃国の岐阜から濃尾平野を七里（約二十八キロ）南下し、尾張国の津《つ》島《しま》に本陣を置いた。往時の津島は、尾張最大の河川港にして、津島神社の門前町として大層繁栄していた。ちなみに、現在の津島は静かな住宅地である。流れが変わり、大河などには面していない。

そもそも信長は、津島近郊の勝幡城《しょばたじょう》で生まれた。尾張守護代清洲《きよす》織田家の重臣、織田弾正忠《だんじょうのちゅう》家の居城だ。台頭期の信長の力の源泉は、津島湊《みなと》の隆盛にあり、彼にとってこの場所は「験《げん》の良い土地柄」と言えた。

縁起云々ばかりではない。

信長が拠点を岐阜に移した後も、津島湊の活気は失われていない。大河（天王川《てんのうがわ》）が北から南へと流れ、長さ七十二間（約百三十メートル）もの天王橋が町の東西を結んでいた。その橋の下を、数千艘もの川船が伊勢湾との間を行き来したという。十万の大軍が長期間駐屯するだけの経済的基盤があったのだ。

長島は津島の南西二里（約八キロ）強、ほんの目と鼻の先にある。腰を据えて一向一揆を潰す――津島に本陣を置いたことからだけでも、信長の強い決意が見て取れた。

二

往時、三本の大河（揖斐川《いびがわ》、長良川、木曽川）が伊勢湾へと注ぐ河口部は、河幅が一里（約四キロ）もあり、その中に大小の輪中《わじゅう》が浮かんで、あたかも多島海のごとき様相を呈していた。一揆側は、その各輪中に砦や城を築き要塞化しており、河口を水堀に見立てて籠城されると、なかなか攻めきれるものではない。

元亀二年（一五七一）五月の第一回長島征伐、天正元年（一五七三）九月の第二回長島征伐がともに織田方の敗北に終わった理由は、水軍力の弱さにあった。一揆側に強力な水軍があるわけではないのだが、数多の小舟で群がるように奇襲し、不利になるとサッと輪中の中へと逃げ込んでしまう。不正規戦《ゲリラ》を繰り返され、制海権を握れぬままに押され、敗走するのが常であった。

信長にとっては三度目の正直である。同じ轍《てつ》は踏まない。

今回は、志摩《しま》の波切《なきり》に本拠地を持つ九鬼水軍に大動員をかけている。九鬼水軍の総師である九鬼嘉隆《よしたか》は現在、志摩の北方大湊《おおみなと》に軍船の大艦隊を集結させようと躍起になっているが、若干の遅れが出ていた。さらに大湊から長島まで十三里

（約五十二キロ）伊勢湾を北上せねばならない。織田の陸兵としては、しばらく津島で待つしかなさそうだ。

「津島湊は、でかいのう」

天王橋を渡りながら、藤堂与吉が溜息をもらした。

「まったくまったく。塩津湊がみすぼらしく感じますわい」

弁造が団扇《うちわ》で涼をとりながら同調した。

塩津は、琵琶湖北岸の湊町である。琵琶湖水運の北の拠点として大層栄えていたが、それでも「津島湊の繁栄ぶりには劣る」と藤堂と弁造は感じたようだ。

「越前の敦賀もでかいにはでかいでござるが……」

与一郎の隣で左門も歩きながら話に加わった。足の下を、荷を満載した川船が静かに行き過ぎる。

「冬場は海が荒れて船は出せんようになる。その点、津島《ここ》は年がら年中船が出入りするし商いもできる。栄えもしますわな。織田様が強いわけにござる」

と、悔しげに嘆息をもらしたが、それほど津島が繁栄しているということだ。

津島に陣が敷かれて二十日が経過した。

与一郎は毒矢の準備も済ませ、仕込みは万端整っているのだが、肝心の水軍が来ない。季節は盛夏で猛暑——木々の梢で鳴き交わす夏蟬《なつぜみ》の声も、どこかかすれて聞こえた。

川風に当たろうと藤堂が与一郎を誘い、弁造と左門と四人で散策に出たのだ。四人の足は天王橋に向いた。戦国期、防衛上の必要から、川に大きな橋がかかるのは京ぐらいで物珍しい。敷板を踏んで橋を歩けば、京の都に来たような気分になれる。橋の真ん中辺りで藤堂が歩みを止め、与一郎に振り向いた。

「ワシ、思ったのやが……これ、どうやって証明する？」

「なにがです？」

与一郎が、菅笠の縁を持ち上げて質した。

「槍や刀で鎧武者を倒したなら、首級を持っていけばええがな。首が証となる。でもよォ……」

弓や鉄砲で討ち取った場合「その証明が難しい」と藤堂は考えるのだ。与一郎が半町先の矢倉上にいる敵の兜武者に毒矢を射込んだとする。兜武者は矢倉の中で倒れるから首は獲れない。与一郎の矢で倒したと証明できない。これでは「十人討ち取れ」との長秀の命は永遠に果たせないことになる。与一郎も藤堂も士分に昇格できない。

「鉄砲と違うて、矢は飛んでゆくのが目で見えまする。我らが皆で『当たった』と証言しては如何です？」

弁造が提案した。

「身内の証言では信じて貰えんだろうから、誰か他所の組の者に証人となってもらうのが上策にござろう」

左門が知恵を出した。

「証人がおらんかったらどうする？」

「そら……困りますなァ」

「よし、組の足軽二人を選んで記録をとらせよう。もしおれば、証人の名も記しておいた方がええ。読み書きができるのは……倉蔵だけか」

「でしたらウラが、倉蔵と二人で記録をとるでござる」

左門が志願してくれた。

「ね、小頭？」

最前から川下の方を凝視していた与一郎が、藤堂に呼びかけた。

「なんら？」

「あれ、九鬼の軍船ではないですか？」

一町（約百九メートル）ほど川下、天王川の東岸に、真夏の陽光をキラキラと照り返す水面を切り裂いて、一艘の船が急接近し、慌ただしく着岸したのだ。両舷にそれぞれ十五挺もの艪《ろ》が突き出ている。ただの川船とは違う。艪の数に対して船体は極めて細い。相当な高速船と見た。

艫《とも》に掲げている幟旗は赤と青で、赤地には金色に輝く三つ巴の紋章が――三つ巴は九鬼氏の定紋だ。

「九鬼の使番やも知れんな。やっと来やがったか。さ、宿へ戻るぞ」

藤堂に促され、四人は敷板を踏み鳴らし、橋から駆け戻った。


いよいよやってくる――九鬼の使番によれば、艦隊は明日七月十五日にも長島へ到着するそうだ。

その報せを受けて、織田の陸上部隊は十四日のうちに動くことになった。制海権を握る必要のない（つまりは、水軍の力を借りる必要のない）敵の陸地側の拠点を攻撃することになったのだ。

織田勢は三手に別れた。筆頭家老の柴田勝家《かついえ》が率いる二万人は西の香取口から、織田信忠《のぶただ》麾下の三万は東の市江口から、信長が指揮する本隊四万は北の早尾口からそれぞれ進撃を開始した。

木下長秀指揮の三百人は、織田家譜代の猛将、佐々成政《さっさなりまさ》の隊とともに、早尾口から侵攻する織田本隊の先鋒を相務めることになった。

南北三里（約十二キロ）、東西半里（約二キロ）もある広大な立田輪中への渡河には川船を使用した。長秀は、虎の子の四組四十挺の鉄砲隊を岸辺に並べ敵襲に備えた。渡河中は無防備だ。敵の奇襲を受けた場合、援護射撃ができるようにとの配慮である。長秀としては慎重に臨んだのだが、さしたる抵抗もなく易々《やすやす》と渡河に成功した。一揆側にも軍略はあり、譲れない拠点と、捨てても構わない拠点を分けて考えているようだ。

この立田輪中の南端には、小木江城《こきえじょう》がある。

この城、元々は長島城を見張り、攻撃拠点とするための織田方の付城だったのだ。信長の実弟信興《のぶおき》が城番を務めていたが、元亀元年（一五七〇）一揆勢に囲まれて城は落ち、信興は自刃して果てた。その折、信長は浅井や朝倉と対峙しており、信頼する弟を見殺しにせざるをえなかったのだ。

佐々成政隊とともに、木下隊は輪中の中を南進した。

　輪中は大河の中州に作られる。洪水時に備えて中州の周囲を輪中堤《わじゅうつつみ》で囲い、内部の集落と農地を水害から守った。ただ、行軍している分には、周囲の風景は通常の農村と変わりがない。

　一里（約四キロ）ほど進むと、彼方に小木江城が見えてきた。周囲には水田と蓮田《はすだ》が広がり、湿地の上に城が浮かんでいるように見える。土塁を高くかき上げ、その上に柵を設けてある。小規模な平城だ。

（まるで水城《みずじろ》やな）

　与一郎は、弓の弦が濡《ぬ》れぬように気を配りながら進んだ。この時代の弓の弦は、麻や苧麻《からむし》を原材料に、繊維をこより、天鼠《くすね》を塗って補強して作られた。当然、濡れには弱い。

　ちなみにこの小木江城、元亀元年の落城時は六日で落ちたらしい。立田輪中に上陸する際、長秀は麾下の将兵に「一日で落とせ」と督戦《とくせん》していた。

「おい、与一郎」

　藤堂が足を止めて振り向き、顎をしゃくった。城の右手側に、こんもりと茂った青木の群生がある。周囲には葦が生い茂っている。城からの距離は半町（約五十五メートル）ほどで注文通りだ。

与一郎が頷くと、藤堂は指先の合図だけで自組の足軽たちを行軍の列から外れさせた。身を低くして夏草の中を進むと、飛蝗《ばった》が驚いて左右に飛んだ。藤堂組は青木の茂みに身を隠した。

(暑いのは閉口やが、雑草が生い茂っているのは、むしろ好都合やな)

破壊力なら鉄砲の方が弓より上だ。弓の長所を生かすなら、まず敵から身を隠すことが肝要である。

左門が件の頭陀袋の中から紙と矢立を二つずつ取り出した。一つを倉蔵に渡して、永楽銭二枚(約二百円)を受け取っている。

(越前で俺は永楽銭三枚取られたぞ。この野郎、相手によって値段を変えとるのか……抜け目のない奴や)

「左門、こんな場所でまで商売かい?」

六角棒にもたれながら、弁造が小声でからかった。半町先は敵城なのだ。大声は禁物である。

「兄貴、こんな場所やからこその商売ですわ。ほれ、御覧《ごろう》じろ」

左門は彼方を指さした。遥か後方から信長の本隊が進軍してくる。信長の大馬印である黄金の唐傘を取り囲むようにして、おびただしい数の黄色い幟旗が進んできた。そこには黒々と、永楽銭が縦に三枚染め抜いてある。

「信長公は『銭を制する者は天下を制する』と仰りたいのやと思うでござるよ」

左門がこちらも小声で返した。

「けッ。守銭奴が……地獄にでも落ちやがれ」

弁造が苦く笑った。

「ウラたちが地獄へ落ちんように拝むのが、兄貴たち坊主の役目やないのか？」

左門が返すと、弁造が嫌そうな顔をした。

「あほう、拝んでほしかったら銭を寄越せ」

「守銭奴はあんたや」

ちなみに、本日の弁造は僧衣に畳具足を着け、刀を佩《お》び、坊主頭に陣笠を被っている。さらに前夜は遊女まで買っていた。とんだ破戒坊主である。

郎党二人の掛け合いを聞きながら、与一郎は箙から矢をすべて引き抜き、慎重に地面へと並べた。二十五本のすべてが毒矢である。戦闘が始まり、混乱の中で迂闊に鏃を触ると大事になりかねない。

二十五本の矢のうち、五本が平根《ひらね》の鏃、二十本は鑿形《のみなり》の鏃である。全部の鏃にトリカブトの毒をたっぷり塗った。平根の鏃は薄く平べったい。幅広なので標的を傷つけやすい。本来は、猟で飛ぶ鳥を狙う鏃だ。鑿形は、まさに鑿の先端のような形状の鏃である。具足を撃ち抜く貫通力があり、本来は敵陣に立てられた盾を破壊するのに使う鏃だ。

木下隊三百人と佐々隊千人が、小木江城の大手門前に整列した。

静寂である。咳《しわぶき》一つ聞こえない。時折、軍馬の嘶《いなな》きが漏れ、蹄《ひづめ》で地面を掻く音が伝わった。嵐の前ならぬ、戦の前の静けさ——風の音のみが聞こえる。

その風に乗って、波のように低く単調に流れてきたのは南無阿弥陀仏——称名の声だ。城内の門徒たちが開戦を前に唱えているようだ。

(必死で念仏を唱えとる百姓を殺すのか……弱い者を虐《いじ》めるようで、あまりええ気はせんのう)

与一郎の家は、鎌倉期から一貫して禅宗を、それも臨済宗《りんざいしゅう》を信仰してきた。政治的で狂信的な一向宗への反発心はなくもないが、だからと言って門徒を無差別に殺そうとまでは思わない。

与一郎は、越前府中の富田長繁を思い出していた。

(戦となれば、どんな非道もまかり通る。この乱世、力こそが正義や。そこはよう分かる。でも……)

百年近く続く乱世においても、最低限の人倫は今も機能している。それを踏み越えたとき、富田は滅びの道に陥った。「この男、箍《たが》が外れとる」と感じたものである。信長は、滅ぼした浅井父子の頭骨を箔濃《はくだみ》とし、側近たちの前に「酒肴《しゅこう》として」さらした。その信長が、今度は念仏を唱える百姓たちを殲滅《せんめつ》しようとしている。果たして信長の箍は——

「おい、与一郎、佐々様の采配が翻ってな……」

「ああ、はい」

藤堂が顔を寄せて小声で囁いてきたので、物思いから我に返った。

「開戦となれば、攻城側は鬨《とき》を作って城に押し寄せるやろ。そうなれば……」

弓の弦音《つるおと》が響いて、弓兵が狙っていると城兵に気取られる心配もない。後は、与一郎の好きな間合いで射てよしと藤堂は命じた。

「つまり、開戦までは射るなとゆうことや」

「承知ッ」

「ハハハ、手柄を挙げて、早うワシを馬乗りの身分にしてくれや」

小頭がニヤリと笑った。

弓に鑿形の矢を番《つが》え、繁みの上からそうっと様子を窺った。大手門の矢倉上で一揆兵たちが盛んに動き回っている。兜武者も幾人かいるが、多くは甲冑すら着ずに陣笠のみを被った農民兵だ。阿弥陀仏との縁にすがり、念仏を唱えることで、強大な織田勢への恐怖を打ち払っているのだろう。称名する口の動きが分かるほどに距離は近い。

（大丈夫や。これなら当たる）

しかも毒矢だから、かならずしも急所に入れなくてもいい。鑿形の鏃が、具足の鉄板を射抜きさえすれば、こちらの勝ちだ。

（長秀様から命じられた役目は、兜首を射殺すことや。わざわざあんな哀れな百姓どもを射ることはない。一番偉そうな面をしている奴を射よう）

「おい左門？」

「はい」

「矢倉にいる頭形兜《ずなりかぶと》に燕頬《つばくろぼお》の武者を狙うぞ。分るか？」

記録係の二人に伝えながら、弓を引き絞った。頭形兜は、人の頭に似た丸い鉢の兜。燕頬は、顎と頬のみを覆う簡易な面頬を指す。

「承知ッ」

左門と倉蔵が同時に頷いた。

（顔を狙うか？　それとも肩の辺りに射込むか？）

鑿形の鏃は貫通力に優れる。兜の鉢と胴以外なら刺さるだろう。

目の端に、遠方で隅立四目《すみたてよつめ》の前立の騎馬武者が采配を振り回す姿が映った。隅立四目は佐々家の定紋である。

「えい、とうとうとう。えい、とうとうとう。えい、とうとうとう」

鬨——武者押しの声が津波のように城門へと押し寄せ始めた。

（正射必中……南無三）

ひょうと放つと同時に青木の陰に身を屈め、目だけを出して、矢の行方を追った。城兵に姿を見咎《みとが》められては、ひっそりと弓を使う意味がない。

矢は半町を飛び、狙い違わず兜武者の顔に突き刺さった。

「ぐえッ」

青木の繁みにまで悲鳴がハッキリと聞こえてきた。あの矢には猛毒が塗ってあるのだ。当ったからには、相手は必ず死ぬ。

「ちゃんと書き止めたか？」

藤堂が左門の方を摑んだ。

「確《しか》と」

「へへへ、幸先《さいさき》がええわい。与一郎、ドンドン行け」

藤堂が、嬉しそうに両手を擦り合わせた。

三

チュイーーーン。

城内からの銃弾が与一郎の陣笠をかすめた。思わず首をすくめた。

（あ、危ねェ……）

開戦から半刻（約一時間）が経った頃には、早くも与一郎は兜武者を二騎射殺していた。しかし、矢を放ったのは五回である。五射のうち一射は完全に「外した」し、二射は甲冑に弾かれた。さすがに城兵も青木の繁みに潜む弓兵の存在に気づいたようで、盛んに銃撃してくる。一旦隠れ場所が露見すると、青木の繁みは銃弾を防いではくれないので、この場に長居は無用である。

「退くぞ。一町（約百九メートル）城から離れる」

藤堂の号令で、皆走り出した。

チュイーーーン。チュイン。

後方からは間断なく撃ってくる。毒矢を使ったことに（おそらくは、射られた武者の異常な死に様を見て）気づいたらしい。怒り心頭で撃ってくる。

（あほう。おまいら死んだら、阿弥陀が極楽に連れて行ってくれるんやろ。むしろ俺に感謝せえや）

と、心中で毒づきながら逃げたが、構わず銃弾は追ってくる。

チュイ――――ン。

（わッ。あ、危な……）

耳のすぐ脇をかすめた。しばらく耳鳴りが止まなくなった。

ただ、半町（約五十五メートル）からせいぜい一町（約百九メートル）が、火縄銃を狙って撃って当て得る限界だ。一町以上離れれば、通常の腕と普通の鉄砲ではまず当たらない。

輪中の中にも高低差はある。集落が営まれているのは、周囲の湿地より一間（約一・八メートル）ほどの高台だ。百姓家が集まって立っているのを目指し、田圃や蓮田の中を、泥だらけになりつつ逃げに逃げた。

「水が……増えてないか？」

泥水を掻き分けて走りながら、与一郎が弁造に質した。

青木の繁みから逃げ出した時にはせいぜい膝の高さだった水位が、今は具足の草摺《くさずり》の裾を濡らすまでに上昇している。特に、この場所だけが深みなのだろうか。

「左を見て。堤が破れとるでござるよ」

左門が指さした。輪中を囲む堤の一部が決壊し、彼方の水が黒く盛り上がって輪中内に流れ込んでいる。

「糞ッ。小木江の城兵が堤を崩したんや」

藤堂が泥をはね上げながら怒鳴った。

「ワシらを溺れさす気や。走れ。前方の集落まで足を止めるな！」

天正二年（一五七四）七月十四日は、新暦に直すと七月の三十一日だ。梅雨時ほどではないものの、河川の水位は低くない。水は腰から臍の高さへと急速に深さを増した。与一郎たちが命からがら、高台へと這い上った頃、一段低くなっている小木江城大手門の辺りは、一時的に人の背丈を越す水深となり、多くの織田勢が水に飲まれ溺れた。

ドンドン。ドンドンドンドン。

攻城側の混乱に乗じ、すかさず城内から矢弾の斉射がくる。織田勢、阿鼻《あび》叫喚《きようかん》だ。

最も大きな損害を出したのは佐々隊であった。成政の長男松千代丸を始めとして多くの家臣を失い、文字通り壊滅敗走した。一方の木下隊は、幾何かの損害を出しつつも、小人数であることを利していち早く高台へと避難し、かろうじて壊滅は免れたようだ。

堤が決壊しても、幸いにして水は広大な輪中内に広がり、行き渡る。やがて水深は深い所でも腰の高さにまで落ち着いた。城の周囲が、湿地と化した格好だ。攻め難くはなったが、攻められないほどでもない。これがもう一ヶ月《ひとつき》早い梅雨時か、逆に二ヶ月《ふたつき》遅い秋の長雨の頃だったら、織田勢は大損害を出し、攻撃の再検討を迫られたのではなかろうか。無論、季節や雨量の読みができない信長ではなかろうが。

信長は、弟の死に場所となった小木江城を容赦なく攻めさせた。足元はぬかるむが、数を頼みの力攻めである。

「ワシらも、ここで見物しとるわけにはいかんやろな」

「またあの泥んこに戻るんですかい？　嫌やな〜」

近江出身の市松と義介が顔を見合わせた。

「あほう。ボーッと眺めとったら、ワシが長秀様から叱られるわ」

藤堂組も城攻めに加わることになった。藤堂の出世の鍵を握る与一郎は「おまいはここにおれ、死なれたらかなわん」と居残りを命じられたが、そうもいかないだろう。城攻めに参加せず安全な場所で眺めているのは明らかに軍紀違反だ。下手をすると首を刎《は》ねられる。泥水に四苦八苦しながら、今来た道を小木江城大手門前まで駆け戻った。

城門前では、佐々隊の壊滅を受け、丹羽長秀《ながひで》、河尻秀隆《かわじりひでたか》ら主力組が前に出て、腰まで水に浸《つ》かりながらも火のように攻めかかっていた。

ドンドンドンドン。

一揆側の鉄砲隊が斉射、一瞬矢倉が白煙に包まれる。矢倉の下では水面を朱に染めて、数名が泥水の中に突っ伏した。

ドカン。

織田側も負けていない。いよいよ大鉄砲を使い始めた。三十匁(約百十三グラム)の鉛弾で、城門の閂《かんぬき》や鎹《かすがい》を破壊しようというのだ。三十匁弾の直径は九分(約二十七ミリ)もある。ほとんど大砲なのであるが、戦国の武士はこれを手で持って撃った。反動を少しでも分散させようと、晒で大鉄砲を縛り、その晒を腕に巻き付けて撃つ。

ドカン。

それでも反動は大きく、足場も悪いので、三度に一度は後方へと盛大にひっくり返った。

ドカン。

鉛弾が門に命中するたびに、木っ端が舞い上がる。

河尻隊は大鉄砲を三挺持参しているようで、三人が交代で城門を狙って撃っている。大鉄砲の威力は無双だが、弱点がある。弾の径が大きなその分、長い距離を飛ぶと急激に威力を失うのだ。空気抵抗のなせる業である。さらには反動が大きく、銃身が暴れるので命中率が極めて低い。総じて、うんと目標に近づき銃口を押し付けるようにして撃つことが求められた。ざっくり二十間（約三十六メートル）以内と言っておこうか。

当然、矢倉からは射手を狙い撃ちにしてくる。

ドンドン。ドンドン。

「あぎゃッ」

大柄な射手が兜の目庇《まびさし》を射抜かれて倒れた。大鉄砲が泥水の中に落ち、ジュウと音を立て水飛沫を上げた。

「竹束や。早う竹束持ってこい！」

たまらず織田側は、竹の束を射手の前に置いた。竹束とは、孟宗竹《もうそうちく》を数十本も束ねて作る防弾具である。その陰に隠れていれば、小口径の弾はまず貫通しない。ただし着弾すると――

バタバタバタ、バタタ。

と、心胆を寒からしめる音がする。

泥水に浮かんだ竹束の後方に隠れ、時折大鉄砲を突き出しての発砲となった。

ドカン。

発射の反動で水の中へ尻餅をつく場合、大鉄砲が濡れないように、両手で頭上に差し上げて転ぶ。自分は溺れても鉄砲は濡らさない――なんとも律義で、滑稽なほどだ。火縄銃は濡れたら撃てなくなる。河尻隊で使える三十匁筒は残り二挺だから大事に扱うのは心得だ。

ガコン。

大きな音がして、大手門の門扉が大きくくずれた。三十匁筒が、ようやく鋲を撃ち抜いたようだ。河尻隊の足軽数名が掛矢《かけや》を手に走り寄り、門扉に止《とど》めを刺すべく叩き始めた。掛矢――巨大な木槌《きづち》である。

ゴンゴン。ゴンゴン。

矢倉の上からは、石礫《いしつぶて》や矢弾が雨あられと降ってくるが、攻城側の勢いはもう止まらない。

「ほれ、一番槍は誰や？　恩賞の貰い放題やぞ」

物頭が兵を煽る声が響いた。

門扉が打ち破られるのに然程《さほど》の時は要さなかった。門扉が完全に外れ、織田勢が雪崩れ込んだとき――

「……ああ」

城内からは悲嘆とも絶望ともつかない呻き声が、大きな塊となって流れてきた。かくの如く、落城とは恐ろしくも哀れなものである。

藤堂組も河尻隊の後方から、恐る恐る城内に足を踏み入れた。

方形の城の四隅には矢倉があり、城兵が籠って抵抗を続けていた。階上へと上る梯子《はしご》を切り落として徹底抗戦中だ。下から見る限り、籠っている全員が鎧武者のようだ。

「おい、兜武者が犇《ひしめ》きあっとるぞ」

藤堂が、与一郎の腋《わき》を指で突っついた。

「どや。あの中に毒矢を射込んでみろや。一人か二人は討ち獲れるやろ」

長秀から課せられた務めは兜首十級《きゅう》である。大手門上の矢倉で二人射殺したから残りは八級だ。

「最後の抵抗をしとるんです。あの中に毒矢を射込むなんて武士道に……や、人の道に反しますわ」

「ふん。おまいは甘いのう」

藤堂は、辟易《へきえき》した風に吐き棄《す》てたが、それ以上は言わなかった。

矢倉を攻めあぐねた織田側から期せずして「火を点《つ》けろ」「焼いてまえ」との声が上がる。

「こらァ。焼くなよ」

織田側の物頭の怒声が響いた。

「矢倉に火を点けてはならぬ。今後、我が方の拠点として使うんやぞ」

確かに、長島輪中の対岸にある小木江城は、長島城攻撃の大事な拠点となり得るだろう。焼くのは勿体ない。

結局、矢倉の下階に入り込んだ鉄砲隊が、上階に向けて斉射を繰り返した。矢倉内からはしばらく念仏の声が聞こえていたが、やがて銃弾が開けた床の穴から大量の鮮血が流れ落ち、念仏の声も途絶え、矢倉の抵抗は終わった。

「なあ。矢倉に籠った侍たち、どんな気持ちで念仏を唱えとったんやろ？」

与一郎は、矢倉に向かって合掌する弁造に囁いた。

「念仏？　そうでしたか？　ま、死ぬ瞬間は念仏ですわ。安らかに死ねそうや」

「死ぬ瞬間か？　安らかに死ぬための念仏か？　ナンマンダブは極楽往生のために唱えるんやぞ」

「それはそれ、これはこれですわ」

「ふん。もうええわ」

と、苦笑した。

その後の城内は、まさに地獄絵図と化した。三百人ほどいた一揆側の城兵は、一切の降伏を認められず、怪我人、病人を含めて弄り殺されたのである。最後に大手門内に集められた生き残りのほとんどは、甲冑も着ていない百姓たちであった。心得のある武士はここに至る前に、自刃して果てたのであろう。最前線の城ということで、女子供がいなかったことが唯一の救いか。

「謀反人どもを成敗せよ」

丹羽長秀の号令で、百姓たちは次々と刺し殺されていった。顔を伏せて合掌し、只々《ただただ》南無阿弥陀仏を唱え続ける。そのうちに自分の番になり、胸を刺されて念仏は止む。

(同じ一向一揆でも、百姓のナンマンダブと、武士のナンマンダブでは、多少意味が違っているのかも知れんなア)

与一郎は、そんな感想を持った。

百姓のそれは、死後の極楽往生を祈る念仏であり、武士のそれは弁造が言う通り、死の瞬間に自分自身と向かい合うための念仏なのではあるまいか。百姓の念仏は未来のための祈り。武家の念仏は今のための祈りであるような気がした。

(武士は今生《こんじょう》で沢山殺しとるからな。極楽往生を祈るのは虫がよすぎるやろ)

そういう与一郎自身も、今までに沢山殺している。最近は毒矢まで使っている。いくら阿弥陀仏が寛容でも、さすがに極楽往生は望めまい。

途中、正気を失って走り出す者も幾人かいたが、その場合は士分が率先して斬り殺した。誰も錯乱した者を自ら斬りたくはないのだ。徒士や足軽などの下士に、汚れ仕事は任せない——士分としての心得である。大手門を突破してから一刻(約二時間)が経ったころには、小木江の城兵は誰一人として生きていなかった。

信長にすれば「弟の仇討ち」ということなのだろうが、あまりに凄惨な光景を目の当たりにして、眉《まゆ》を顰《ひそ》めた者は与一郎独りではなかったはずだ。

四

翌七月十五日。九鬼水軍の大艦隊が、長島輪中の沖に姿を現した。海から陸に吹く朝の海風を巨大な一枚帆にはらませて、ずんぐりとした大型船を姿の良い小型の船が囲むようにして、こちらへ粛々と進んでくる。滝川一益《かずます》、織田信雄の軍船を含めると総勢は六百艘《そう》にも及んだ。

近づいてくると、水軍は三種類の軍船から編成されていることが知れた。いずれも船体に竜骨を持たない和船だ。

ずんぐりとした大型軍船を「安宅船《あたけぶね》」と呼ぶ。

舳先《へさき》を含めて全体が幅広の箱型で、戦闘用の矢倉が船全体を覆うように載っていた。これを総矢倉《そうやぐら》という。総矢倉は楯板《たていた》と呼ばれる堅牢《けんろう》な装甲で守られており、矢は勿論、銃弾をもはね返した。中には矢倉が二層、三層構造になっている安宅船もあり、まさに浮かべる城郭と言えた。追い風のときは巨大な一枚帆を張り、向かい風のときには、百挺前後も舷側から突き出す夥しい数の艪で漕いで進んだ。

全長が二十五間（約四十五メートル）以上もあり、大きいものは千石（約百五十トン）以上が積載可能だ。武装は大筒や大鉄砲であり、その役割と威圧感は、現代海軍における戦艦に相当した。

安宅船を囲んで進む中型の軍船は「関船《せきぶね》」である。これは数が多い。大船団の中核はこの関船だ。

舳先が細く、水押《みよし》と呼ばれる一本材で水を切って軽快に進むことができた。全長は十間（約十八メートル）ほど。総矢倉を載せてはいるが、攻撃力と防御力ともに安宅船には大きく劣った。その分機動性が高く、五十挺前後の艪で軽快に走り回った。現代海軍における巡洋艦に相当する。

最も小型なのは「小早船《こばやぶね》」だ。

舳先は関船同様、一本水押《いっぽんみよし》である。総矢倉はなく、簡易な矢楯が舷側を守っている程度。全長は五間（約九メートル）ほどで、艪の数は四十挺以下。戦闘力より小回りと速力を重視している。現代海軍に当てはめれば駆逐艦か。与一郎たちが天王橋から見た九鬼の使番の乗船は、確かに小早船であった。

立田輪中に駐屯する木下隊は、隊を六つに分け、五十人ずつ六艘の関船に分乗して長島輪中へと渡ることになった。藤堂組が含まれる五十人を率いるのは森山《もりやま》多門《たもん》というまだ若い鉄砲大将である。

長島輪中は、幾つかの中小の輪中から出来ている。古くは七つの輪中があり「七つ島」が長島の名の由来であるともいわれる。信長からは、輪中の北端に立つ一揆方の松之木城を攻撃せよとの命を受けていた。

森山隊が乗った関船は「波切丸《なきりまる》」と名づけられていた。波切は、現在九鬼水軍が拠点としている志摩国の地名である。

「ね、殿？」

列に並んで乗船を待っているとき、越前の内陸部鯖江で生まれ育った左門が不安げに囁いてきた。

「関船とやら……見れば随分と喫水が浅い。水の上にプカプカと浮いている感じでござるぞ」

総矢倉に人員等を満載すれば、頭でっかちとなり、転覆の恐れがないのだろうかと心配している。

「おまい、泳ぎは？」

「まさか、全然ですわ」

と、顔の前で手を振った。

「船から落ちんことやな」

「落ちませんわいな。船縁《ふなべり》には寄らんもん。でも、船が転覆したら……」

「心配なら、水主《かこ》に訊いてみればよかろう」

「然様《さよう》でござるな」

左門は列から離れ、作業をしている中年の水主に歩み寄った。

「卒爾ながら、お訊ねしたいのだが……」

と、ひそひそ話していたが、最後には「大丈夫や」と笑われ、すごすごと戻ってきた。和船の喫水は浅い。不安定に見えるが、船腹に砂利や石を大量に積んで重心を下げ、転覆を防いでいると教えられたそうな。見た感じより、復元力は大分高いのだ。

「なるほど石をねェ。考えたもんでござるなァ」

左門、一応の得心がいったようである。

ちなみに、与一郎自身は琵琶湖畔育ちだから、和船が腹に石を抱いていることは知っていた。敢《あ》えて左門に訊ねさせたのは、海の船と湖の船では仕組みが違うのかも知れぬと考えたからだ。

「水軍の兵は、みな裸ん坊かと思うとったが、一応甲冑を着けてますなァ」

今度は弁造が、水主に聞こえないように、小声で与一郎に囁いた。

水主たちは裸に褌《ふんどし》一丁、その上に畳具足を着込み、刀を佩びている。頭には兜や陣笠は被らず、鉢金を巻いているだけだ。当時の武士は陸兵でもよく日焼けしているものだが、水軍の将兵の肌は別格で、ほとんど土色をしていた。

「そらそうや。甲冑無しで戦場に出るとろくなことがない」

「でも水に落ちたとき、甲冑が重くて沈むでしょう？」

「それが、心得さえあれば沈まんのよ」

与一郎は弁造に説明した。

「立ち泳ぎで、あおり足やら巻き足を極めると、甲冑を着けたままでも浮いておれるらしいで」

古式泳法のあおり足、巻き足――芸術水泳競技選手《アーティスティックスイミング》の足の動きを想起して頂きたい。

「武士の戦場でのたしなみとして泳法は教わるんや。ただ、ま、俺の場合、習うには習ったが、甲冑姿で立ち泳ぎは今も出来ん。沈む」

「ハハハ、殿にも不得手があるんですなァ」

「大体、甲冑はなんぼ軽くても三貫（約十一キロ）はありまっせ」

横で聞いていた左門が目を剝いた。

「そんなもの着込んで泳ぐのは、あほうですわ」

「ま、誰にでもできる技やない。出来る奴は出来るが、出来ん奴は普通に沈む」

与一郎は、二人の家来に苦く笑ってみせた。


六艘の関船に分乗し、長島輪中に上陸した木下隊は、早速松之木城へと攻めかかった。その日は夕方まで攻めに攻めたのだが、松之木城が落ちる気配はなかった。昨日落とした小木江城とは雲泥の差だ。輪中の中に立つ「湿地に浮かぶ城」である点は同じだが、城域が広く、城兵の数も段違い。鉄砲の数も多い。さらに周囲の茂みや林は、綺麗に伐採されており、遮蔽物《しゃへい》は一切ない。与一郎も藤堂組も城に近づくことすらできない状態だ。

「どうします？」

「あほう。どうもこうもないわ。様子見や」

さしもの藤堂与吉もお手上げである。

篠橋《しのはし》城を攻めた織田信忠も、大鳥居城を攻めた柴田勝家も攻めあぐね、全戦線で織田勢は停滞した。初日、小木江城を簡単に抜いたのとは偉い違いだ。その後は五日ほども力攻めを続けたが城の護りは堅く、戦線は膠着した。

「あれ、どうなってる？」

「一揆の奴ら、意外に強いじゃねェか」

織田の将兵の顔には、次第に戸惑いの色が浮かんできた。

機を見るに敏な信長は、即座に方針を変えた。一旦力攻めを中止し、兵糧攻めへと切り替えたのだ。

一揆側の城の多くは輪中内にある。堤を切って城の周囲を湿地化させ、攻め手を困らせ得ることは輪中の利点だ。ただ、飢《かつ》え攻めに遭うと、兵糧の搬入には船による渡河が必要となる。巨大な水軍力により制海権を握られている現状では、輪中の中の城であることは大きな弱点となった。

「水軍は河口を封鎖せよ。艀《はしけ》一艘たりとも輪中に入れるな。奴らを飢え死にさせてくれる」

と、信長は九鬼嘉隆に命じた。

この命令に対し、水軍を率いる嘉隆は注文を付けたそうな。

「上様、今後の一ヶ月《ひとつき》余りに限れば、夏の海は凪《な》いで安定しております。されど八月の半ば以降（新暦の九月以降）は大風が吹き、海は大層荒れ申す。狭い水域に船を数多ならべておりますると水軍は壊滅しかねませぬ」

だから、河口封鎖をするなら「一ヶ月以内に終えて欲しい」と専門家の立場から進言したのだ。これには信長も頷くしかない。

九鬼水軍の河口封鎖は綿密だった。

安宅船を中心に関船と小早船を並べ、水上に封鎖線を引く。視界の利かない夜は、船同士を緩く綱や鎖で繋ぎ、一揆側の小舟がすり抜けるのを防いだ。

巨大な安宅船は千石（約百五十トン）以上もの載荷能力があるので、河口封鎖中は軍船よりも補給船としての役割を担った。関船や小早船に食糧や弾薬を供給する兵糧蔵とするのだ。これなら、各船艇を補給のために一々移動させずに済み、封鎖線が安定する。

改めて藤堂組が乗り組んだ関船「波切丸」も、封鎖船団の一翼を担っている。紺地と赤地に金色の三つ巴紋の幟旗を船尾に掲げ、五明《ごみよう》輪中と篠橋城の間の木曽川河口を遊弋《ゆうよく》しては監視を続けた。

船頭は、大島《おおしま》右近《うこん》と名乗る四十過ぎの武士である。九鬼水軍の場合、安宅船の船頭は侍大将級が、関船の船頭には足軽大将級が任じられた。つまり大島は、陸に上がれば足軽大将ということで、木下隊の五十人を率いる森山多門と同格だ。

足軽大将は物頭であるから、甲冑の下もさすがに褌一丁ではない。ちゃんと鎧直垂を着ている。潮風に嗄《か》れた声で叫び、配下の水主たちを追い使う姿には威厳と風格が備わっていた。

封鎖任務は極めて退屈なものであった。

昼間は周辺水域を艪で漕ぎ回り、夜は僚船と綱や鎖で繋がって眠る。朝になれば鎖を外し、また監視任務に戻るのだ。その繰り返しである。

さらには、年間で最も暑い時季に海上で過ごすのだからたまらない。日差しもさることながら、この季節の伊勢湾はベタ凪《なぎ》が続き、朝と夕方にしか風が吹かない。気づけば具足を脱ぎ捨てて褌と陣笠だけの、裸同然の格好で過ごすようになっていた。これで少しは涼しくなったが、今度は強烈な日焼けを起し、背中や腕、足の皮が水膨れとなり、ヒリヒリと痛み、やがてその皮膚は剝離した。

現在、波切丸は船足を止めて周囲を監視中だ。船が止まると、いよいよ風がなくなり灼熱《しゃくねつ》地獄となる。

「こらァ、せめて具足ぐらい着とけ」

藤堂は、船縁にへたれ込んだ足軽たちを叱って回る。足軽を怒鳴りつけるのが小頭の役目の一つであることは間違いない。

「そんな形《なり》をしとると、武士なのか物乞いなのか野良犬なのか見分けがつかん。イザとゆうときに遅れをとるぞ」

そういう藤堂も、具足こそ付けてはいるが下衣は脱いでおり、裸同然だ。あまり威厳は感じられない。

「さあ、具足を着ろ」

「今は勘弁して下され。皮が剝けてヒリヒリしとるんですから。鉄の具足なんぞ着られんでござるよ」

左門が口先を尖《とが》らせた。

「敵が出たらどうする？　裸武者など真っ先に討死《うちじに》やぞ」

「敵がどこにおりますのや？　見渡す限りの水でござろうよ」

裸に具足――そうなれば水主たちの姿に酷似してくる。夏季の海兵の装束として、ある意味合理性を持った格好なのかも知れない。

翌日も好天で猛暑が続いたが、それでもわずかに風があるのは救いだった。沖から陸に向けてそこそこの風が吹いている。

「左門、おまい、水ばかり飲んどると体がたるくなるぞ」

与一郎が、家来をたしなめた。

「もう充分にたるいですわ」

「塩か味噌を少し嘗《な》めろ。シャンとする」

「然様ですな、やってみるでござる」

と、左門が頷き、ゴソゴソと頭陀袋の中を探し始めた。

「塩があるのか？」

「味噌もありまっせ。殿なら、永楽銭一文（約百円）に負けときますわ」

「あほう。いらんわい」

——ドンドンドン。

重い足音が階下から伝わってきた。

「ほう。外は生き返るわい」

藤堂が総矢倉の中から階段を上ってきて、大きく息を吐いた。

関船の総矢倉は一層のみだ。内部は薄暗いが広々としている。壁には矢弾を防ぐ頑丈な楯板が張られてあり、方形や円形の鉄砲狭間《てっぽうはざま》が開口していた。壁際の床には艪を突き出す穴が幾つも開いている。いつでも艪を降ろして漕げるよう、漕ぎ手衆が各艪の傍らに座って英気を養っていた。

「下の矢倉は、まるで灼熱地獄や」

藤堂が零《こぼ》した。

「矢倉の中は、風が通らないから辛い。長くいると逆上《のぼ》せそうや」

「小頭、水主が『冬は冬で糞寒い』『凍える』ゆうてましたで」

「へえ、夏は暑く冬は寒いのかい……ハハハ、ワシは水軍には向かんのう」

藤堂と弁造が軽口を交わし、笑顔をみせたその刹那――

「戌の方角、距離一里半（約六キロ）。大きな船や。帆を上げて、真っ直ぐこちらへ向かってきよる」

舳先の見張りが叫んだ。船上では船首の方向を子《ね》とし、右回りに十二支を当てはめて方角を示す。戌の方角なら――左舷前方ということだ。関船の上甲板から見る水平線は、ざっくり一里半離れている。見張りが「距離一里半」と言うからには、水平線上にやっと船影を認めたということだろう。帆を張っていることから目についたのかも知れない。ちなみに、上甲板とは総矢倉の上、屋上部分に当たる。

「両舷、艪《ろ》を降ろせ」

大島右近が船首へ向かって走りながら嗄《しゃが》れた声で命じると——

「両舷、艪を降ろせッ」

と、寄騎衆の一人がその通りに復唱した。

総矢倉内から鉄砲大将の森山多門が上甲板へと上ってきて、大島右近の傍に寄り添うように立った。この二人が波切丸と都合百五十人の海兵と陸兵たちの命運を握っているのだ。

沖合から輪中の方へ——つまり、こちらへ向かってくる船が帆を揚げているということは、こちらが行く分には逆風になる。風上には横帆一枚では進めないから、艪を漕いで進むしかない。

「錨を揚げィ」

「錨を揚げよ」

船頭と復唱の声に、数名の水主が轆轤《ろくろ》に走り寄り、それぞれ柄を握って回し始めた。轆轤——今でいうキャプスタンである。

ガタン。ガタン。ガタン。

船首から海に沈められていた巨大な錨が、徐々に引き揚げられてきた。

通常、船頭は船尾に立ち、船全体を眺めながら操船するものだ。しかし関船や安宅船は大きく、船尾では視界が利かないから、航行時の船頭は船首に立つことも多かった。舳先に仁王立ちになり、船尾で舵を操る舵取《かじとり》（操舵手）に大声で命じるのだ。ただ、関船でも全長は十間（約十八メートル）以上もある。ましてや二十五間（約四十五メートル）を超す安宅船の場合、「嵐のときなどちゃんと聞こえるのだろうか」と与一郎などは不安になる。

（ま、だからこそ復唱するんやろけどな）

「取舵《とりかじ》、戌の方角」

確かに復唱を慣例化すれば、多少の嵐でも聞き間違えは防げるだろう。

ちなみに取舵は、舳先の方向に十二支の子《ね》を置き、酉が位置する方向――つまり「左へ進むように舵を切る」の意である。さらに面舵《おもかじ》は、十二支の卯が位置する右手へと進むように舵を切ることを指す。卯舵《うかじ》がなまって面舵となった。

「漕ぎ方、始めい」

「漕ぎ方、始めッ」

ギ――ギッ。ギ――ギッ。

両舷併せて六十挺の艪が軋《きし》み始めた。

関船の推力は艪で生み出す。櫂《かい》ではなく艪だ。櫂は水を搔く反力を推進力として使うが、艪は揚力で進む。櫂は船の進行方向に沿って前後に動くだけだが、艪は八の字を描くように複雑に動く。ちなみに、艪の方が体力を使わずに効率よく進めるが、上手く漕げるようになるまでには時間と練習が必要だ。

「えい、とう。えい、とう。えい、とう」

波切丸は一里半先の不審船を目指し、沖へ向けて快走し始めた。

「よう候《そろ》」

「よう候」

大島右近の声と復唱の声が、相次いで船内に響いた。

五

対向する二艘の船は、どんどん接近した。

艪で漕いで進む関船は、おおむね人が歩くほどの速さ（時速約四キロ）で進む。一方、追い風で帆走する船は（船の大きさと風力にもよるが）その倍近い船足が出た。一里半（約六キロ）の距離を隔てて向かい合う両船が互いに近づけば、およそ四半刻（約三十分）で鉢合わせる。

「逃げないでこちらに近づいてくるなら、味方の船ですやろ」

弁造が、裸体に具足を着けながら呟いた。時々、日焼痕に具足が触れて「ウッ」と顔を顰める。

「や、そうとも限らんぞ」

やはり具足の紐を結びながら与一郎が応じた。同じく日焼痕に触れぬよう、恐る恐る具足を着付けている。

「こちらは帆を上げとらん。正面から見た関船は海の目標としては小さい。あちらの見張りが見過ごしとるだけかも知れん」

「こんな大きな船、見過ごしますやろか？」

「帆だけやないぞ」

負けず嫌いの与一郎が粘る。

「俺らは陸地を背景にしとる。緑の濃さに関船の船影は紛れよう。一方で沖の船は明るい空を背景にするからよう目立つんや」

「まあね。確かにね」

弁造が渋々認めた。

「向こうの船が帆を降ろし始めたぞ」

と、舳先で大島右近が叫ぶと、波切丸の水主たちは一斉に歓声を挙げた。与一郎たち陸兵は一瞬気づきが遅れたが、やがて不審船が今初めてこちらの船影を認め、前進を止めるために縮帆《しゅくはん》し始めたのだと悟った。

「慌てて艪で漕いどる。ハハハ、もう遅いわ」

沖の不審船に限らず船という乗物は、後進では速度が出ない。不審船が逃げる気なら、大きく回頭し、今来た方向に舳先を向け直すことになる。その場で足踏みをするようなもので、その間に波切丸はどんどん近づく。

回頭が終り、沖に向けて不審船は航行し始めた。今や不審船と波切丸は、同じ方向に向かい航行している。追いつ追われつ。もう手が届くほど接近したように見えるが、海上では意外に距離があり、優に四半里（約一キロ）は離れているそうな。四半里先なら鉄砲を撃ちかけても弾は届かない。

「同じような船やなァ。あっちも関船かい？」

通りかかった顔馴染の水主に与一郎が質した。

「ああ、関船だね」

水主は足を止め、事もなげに答えた。

「旗こそ揚げてねェが、軍船の操り方が達者や。おそらく村上水軍《むらかみ》だろうさ」

「村上水軍って、瀬戸内のかい？」

「ほうだよ」

「織田の敵方に回ったのかな？」

「今は毛利と連《つる》んどるけど、海賊衆は銭になればなんでもやるさ。本願寺が兵糧を長島城に入れさせるとか……ありそうな話やねェか？」

「なるほどね」

海賊衆は、水軍と同義語だ。必ずしも海の犯罪者を意味しない。ただ、やることは普通に海賊行為で、海上の荒くれ仕事ならなんでもやる。

船の大きさも艪の数も、ほぼ同規模な二艘だが、ほんの少し不審船の方が喫水が深い。大方、長島に届ける兵糧を満載しているのだろう。喫水が深い分、水の抵抗が増えるから、波切丸の方が若干早くなる。追跡劇が始まってから一刻半（約三時間）ほど経過すると、差はかなり縮まった。ただ、むしろ気になるのは日没が近いことだ。

天正二年七月二十五日は、新暦に直せば八月十一日に当たる。日の入りは亥《い》の上刻《じょうこく》（午後九時頃）だが、月の出が遅い。丑《うし》の下刻《げこく》（午前三時頃）の前後か。

よって月明かりは期待できない。陽が沈むと海上は真っ暗闇だ。不審船を捕えることは事実上できなくなる。

「おい、漕ぎ手衆に伝えてくれ。あと半刻（約一時間）で陽が沈む。追跡もそれまでや。あと半刻だけ。それで終り。もう少しやから、頑張ってくれとな」

大島が配下の寄騎に伝言した。寄騎は急勾配な階段を下りていった。

関船は、船体の上に総矢倉が載る構造だ。総矢倉の方が若干幅広にできており、舷側からはみ出している。そのはみ出した部分の下部に開いた穴から、艪は下に向かって伸びているのだ。西欧のガレー船のように、横に突き出しているわけではない。航行する姿がゲジゲジに似ているのはガレー船の方で、関船はまったく似ていない。六十人の漕ぎ手は、総矢倉の装甲に守られ、並んで舷側の方を向き、やや俯き加減になり「えい、とう。えい、とう」と声を合わせて倦《う》むことなく八の字を描き続けるのだ。

確実に彼我の差は詰まっているが、日没もまた迫ってきている。波切丸が不審船に追い付くのが先か、日没が先か——五分五分というところか。

「今の内に帆柱を立てておけ」

大島右近が寄騎に命じた。もうすぐ陽が沈む。日没の前後には陸風が吹き始める。陸から沖へと吹く強い風だ。波切丸と不審船にとっては追い風で、帆走ができる。今の内に帆柱を立て、少しでも早く風を捉えようとしているのだろう。

関船の帆柱は船首部分に立てる。やはり轆轤を数人で回し、徐々に屹立させるのだ。立てた帆柱は、倒れぬように身縄《みなわ》や筈緒《はずお》などの太い索《さく》を張って、前後左右から支える。

「大島殿、奴ら荷を海に捨て始めておりますぞ」

不審船を睨んでいた森山多門が大島右近に報せた。

届けるべき荷を捨てて軽くなることで喫水を上げ、船足を増そうというのだろう。見れば米俵らしきものが、ドンドン海に投棄されている。勿体ない。

遠く鈴鹿山脈に夏の陽が落ちると、果たして背後から船を推すような風が吹き始めた。陸風だ。

「帆を張れ。いそげ」

「帆を張れ。いそげ」

畳何枚分もある四角い横帆の一辺を、帆桁に幾ヶ所も結びつけてある。その反対側の一辺を船体に結び付ける。数名で轆轤を回し、帆桁を帆柱に掲げることで展帆《てんぱん》するのだ。

先を行く不審船も帆桁を揚げようとしている。

一瞬早く、波切丸の帆が風をはらみ始めた。帆柱が「グッ、グ——ッ」と軋み、帆柱を背後から支える身縄がピンと張りつめる。まるで風をとらえた大凧だ。船足が上がったのがよく分かった。少し遅れて、先行する不審船も展帆した。

「漕ぎ方、止め」

「漕ぎ方、止め」

船頭は、艪の漕ぎ手たちを制止した。艪と帆走との併用は難しい。数十本の艪が水の抵抗となり、かえって帆走の推力を減殺させることになる。艪は水から引き揚げ、航行は風に委ねた方がいい。

彼我の距離は五町（約五百四十五メートル）にまで接近していたが、それ以上にはなかなか近づけない。不審船の漕ぎ手衆も、必死に漕いでいるのだ。

今は薄暮の状態で、まだ空には明るさが残っている。これが完全に暮れたらもういけない。追跡もここまでか——

バツン。

前方の不審船から、分厚い帳面を床に落としたような鈍い音が聞こえた。五町離れてもなお伝わるほどの大きな音だ。余程のことかと思われたが、続いて軋むような、悲鳴のような音が伝わってきた。

ギギギッギギ。

与一郎主従三人は船縁へと駆けより、不審船に注目した。薄闇の中、風をはらみ目一杯に膨らんでいた白い帆が瞬《しばた》き萎《しぼ》み、歪《ゆが》んで見える。

ゴ――ッ。

一瞬突風が来た。強い風に背中を押されて与一郎はよろめいた。次の瞬間、さらなる大音が水面を伝わってきた。

グキッ。グキッ。ギギギギギ。

帆を張ったままの不審船の帆柱が、船首に向かいゆっくりと倒れていく。まるで杣人《そまびと》が大木を切り倒したかのような光景だ。見る間に、不審船の船足がガクンと落ちた。

「な、なんやあれは」

越前鯖江育ちの左門が目を剝いた。

「最初の『バツン』な……たぶんあれは、帆柱を後ろから支える身縄が切れた音やろう」

与一郎が郎党に説明した。

「身縄がなくなりゃ、帆に受けた風の圧はすべて帆柱の根っこにかかってくる。突風が吹いて、柱が耐えられんようになり、それで倒れたんや」

「お、お詳しいですな？」

「あほう。琵琶湖育ちを嘗めるな」

琵琶湖は内陸の湖だが、なにせ広大だ。風は複雑に強く吹く。特に春先に吹く北西の風（比良八荒《ひらはっこう》）には要注意だ。子供の頃から琵琶湖の帆掛船には馴染んできた。

「それより、じきに戦になるぞ。得物を用意しとけよ」

「そうですなァ。すぐに追い付いてしまいましょうなァ」

与一郎は弓と矢を、弁造は六角棒を、左門は手槍と——頭陀袋を手にし、不審船との戦いに備えた。

六

帆柱を失った不審船は帆走を諦め、艪で漕いで逃げ始めた。しかし、倍の船足で帆走を続ける波切丸は次第に距離をつめる。

木下隊の指揮をとる森山多門が、敵船に移乗しての白兵戦となった場合に備えて、準備しておいた三寸（約九センチ）四方の紐の付いた白布を配り始めた。

「これは合印《あいじるし》や」

森山が念を押した。

「前からでも後ろからでも見えるよう、左肩の辺りに結んどけ」

陽も暮れてきている。合印がないと、乱戦の中での同士討ちが多発しそうだ。

「各々方、そろそろ撃ってくるぞ」

と、大島右近が腕を振って怒鳴った直後――

ドンドン。ドンドンドン。

彼我の距離が二町（約二百十八メートル）を切るのを待っていたのか、不審船が鉄砲隊を船尾に並べて撃ち始めた。

「まぐれ当たりでも、弾に当たれば死ぬ。楯板は矢弾を通さんから頭だけは下げとれよ」

そうは言うが大島右近自身は、楯板から身を出し、悠々と甲板を歩いている。

「藤堂と松本《まつもと》と勝間田《かつまた》の三組は、上甲板にて応戦」

森山多門が命じた。

「それ以外は、総矢倉内に下りて戦うぞ」

甲板上には、帆を扱う十名ほどの水主と藤堂組の他には、鉄砲隊一組と槍隊一組のみが残され、他は矢倉内へと急勾配の階段を伝い下りていった。

ゴン。

楯板が鳴った。低く重い音だ。与一郎の顔のすぐ横である。背筋がゾクッときて、一瞬蒸し暑さを忘れた。

「今の……鉄砲の弾でござるか？」

「そら、弾やろ」

左門に返事をし、狭間から覗いて不審船を窺った。距離はまだまだ離れているが、不審船の船尾では滅多矢鱈《めったやたら》に発砲しているようだ。

（大島殿もゆうとったが、頭だけは下げとこう）

その後、見る間に距離は縮まった。今は一町（約百九メートル）ほどか――そろそろ、狙って撃って当たる有効射程内に入る。

「鉄砲、構え」

鉄砲小頭の号令で、船首に並んだ鉄砲足軽が十人、楯板の狭間から六匁筒の銃口を突き出した。

「火蓋を切れ」

カチカチカチ。

構えたまま、右手親指で火蓋を前に押し出す。これで引鉄《ひきがね》を引けば、火縄が火皿に落ち、火孔を通った炎が銃身内で爆轟《ばくごう》を起こし、発砲となる。

「放てッ」

ドンドン。ドンドンドン。

数はほんの十挺だが、一応は斉射を浴びせた。甲板上には濛々たる白煙が漂った。この斉射が本格的な海戦の嚆矢《こうし》となった。

ドンドン。ドンドン。

不審船の甲板からも、矢倉内からも、盛んに鉄砲が撃ちかけられてくる。

ゴン。ゴン。ゴン。

楯板に数発が撃ち込まれ、その都度に軽い振動が伝わる。敵弾が、狭間から飛び込んできたら大変だ。

負けずとこちらの鉄砲隊も撃ち返す。

「放てェ」

ドンドンドン。ドンドンドン。

恐る恐る狭間から覗けば、不審船の矢倉で幾らか木片が舞い上がる程度。あちらも堅牢な関船である。楯板に阻まれて、兵に痛手は与えられていない。

（撃っても無駄やろ。火薬と銃弾の無駄や）

「帆、畳め」

「帆、畳めェ」

いよいよ半町（約五十五メートル）の距離に近づき、船尾から大島右近と復唱の声が伝わった。舷を接しての白兵戦となれば帆を畳み、艪で漕いで戦うのが心得だ。艪の方が微妙な船足の調整が利き易いからだろう。

「漕ぎ方、始めい」

「漕ぎ方、始めッ」

ギ——ギッ。ギ——ギッ。

甲板に座る与一郎の尻の下で、両舷併せて六十挺の艪が軋み始めた。

「えい、とお。えい、とお」

漕ぎ手衆が上げる武者押しの声が、矢倉内から沸き上がってくる。

ここにきて、明らかに波切丸の方が船足は速い。後方から帆走で追い付いてきて、行足《ゆきあし》がついているのだろう。今や二艘の関船は互いに舷側を見せながら並走している。その距離は約二十間（約三十六メートル）。向こうからも、こちらからも鉄砲隊の斉射が繰り返され、楯板は穴だらけだ。

不審船の甲板で三人の足軽がそれぞれに、勢いよくなにかを振り回している。

（なんや、あれは？）

よく見れば、一間（約一・八メートル）弱の紐の先に七寸（約二十一センチ）ばかりの円盤が結び付けられている。足軽はその紐の端を握り、円盤を頭上で振り回しているのだ。

「ほ、炮烙玉《ほうろくだま》や」

誰かが叫んだ。声に恐怖心が滲《にじ》んでいる。

「気をつけろ。投げて来るぞ。あれは爆発するんや」

振り回していた足軽が、ヒョウと投げた。焙烙玉はオタマジャクシのような形状で二十間を飛び、波切丸の右舷楯板にぶつかった。

ドーーーン。

（ほ、本当に爆発したがな）

与一郎は胆を潰した。傍らを見れば弁造と左門も目を剝いている。

次の足軽が投げた炮烙玉は波切丸の甲板に落ちて爆発、近くにいた足軽四人を薙ぎ倒した。爆発時の爆風で倒すというよりも、爆発の際に飛散する焙烙の破片で倒す武器のようだ。毛利や村上など瀬戸内の水軍が多用するらしい。

「火事になるぞ。早う消せ」

大島右近が命じた。槍足軽たちが、得物を放り出して駆け寄る。死傷した仲間を助け、ブスブスとまだ燃え続ける焙烙玉の火の粉を、踏んだり叩いたりして消しにかかった。黒色火薬は燃焼速度が遅い。船に焙烙玉が投げ込まれると火の粉が長くくすぶり、船火事を誘発する。このように焙烙玉は、焼夷弾《しょういだん》的な働きまでするのだ。

不審船の甲板上では、第三の足軽が焙烙玉を振り回す速さを上げている。今にも投げる気満々だ。

（させるか！）

与一郎はスックと立ち上がった。楯板の上に身を晒し、キリキリと弓を引き絞る。番《つが》えているのは、鏃にトリカブトを塗った毒矢だ。

（正射必中……南無三）

ヒョウと放った矢は、二十間（約三十六メートル）を飛び、狙い違わず足軽の喉に深々と突き刺さった。

グエッ。

足軽は崩れ落ちた。トリカブトは不要だったかも知れない。喉を射抜けば、大抵は即死する。

問題は、彼が振り回していた炮烙玉だ。爆弾は不審船甲板上に転がり、その場で爆発炎上した。

「与一郎、ようやったァ。左門、兜首やないけど、一応は帳面に付けとけよ」

と、仕事にぬかりのない藤堂が命じた。

不審船甲板上では、敵足軽たちが消火に躍起となっている。

ドンドンドン。

そこへ波切丸の鉄砲隊が斉射を浴びせかけた。敵甲板上は、正に地獄絵図だ。

「面舵一杯や！」

「面舵一杯！」

ここを勝負時とみた大島右近の声で、船尾の巨大な舵が軋みながら動いた。

「右舷のみ、漕ぎ方止め！」

「右舷、漕ぎ方止めェ！」

この命で推力は左舷のみとなった波切丸が、急速に右回頭を始める。

グゥググググググ。

船全体が鈍く軋み、遠くの輪中も夕焼け雲も、すべての景色が回り始めた。右舷真横に見えていた不審船が、ドンドン船首方向へと動いていく。

「者ども得物をとれ。乗り移るぞ。斬り込むぞ」

森山多門の声に、矢倉内から続々と足軽たちが駆け上がってきた。

関船は大砲を積んでいない。焙烙玉でも大型船を撃沈させるのは難しい。関船同士が戦う場合、勝敗を決めるのはやはり白兵戦である。

白兵戦になると飛道具は不利だ。鉄砲ほどではないが、一の矢を射ると二の矢を放つまでが無防備となる。離れた場所から射込めばよいが、仲間に当たる恐れがあろう。特に毒矢は使いにくい。与一郎は弓を置き、刀を抜いた。

弁造は六角棒を構えてやる気満々だが、左門はここに至っても大きな頭陀袋を背負ったままだ。

「あほう。そんな物はおいていけ。不覚をとるぞ」

与一郎が、頭陀袋を指で突いて叱った。

「大丈夫にござる。今までもこうしてやってきたんや。コレを担いでないと、ウラは不安でならないのでござるよ」

「勝手にせい。あほうが」

与一郎が苦く笑った。

「おい、話がある」

小頭の藤堂が配下の足軽たちを集め、小声で策を授けた。

「ええか。敵船に乗り込んでもすぐには切り結ぶな。まずは船首へ走れ。倒れた帆柱の根っこの辺りに集まれ。そこを我らの仮陣地とする。戦はそれからや」

（ほう……藤堂様、気のええだけが取柄かと思うとったら、存外頼りになる）

与一郎は感心した。藤堂の策は、兵法に適っている。敵船に斬り込むからには、地の利は敵側にあろう。敵兵に囲まれ、各個に殲滅されるのがオチだ。分散せずに固まり、まずは橋頭堡《きようとうほ》を確保、攻略の拠点とするのは見事な兵法である。

ギギギギ、ゴゴゴゴ。

大きな揺れがきて、波切丸が不審船の左舷側へと擦り付けるようにゆっくりと接弦した。不審船の甲板上でも、殺気立った足軽たちが得物を構え、こちらを睨んで怒号を上げている。乗り移ってくることは先刻承知らしい。

波切丸の水主たちが楯板に取りつき、留具を外して外側へと蹴り倒した。数枚の楯板がゆっくりと倒れ、不審船の舷側にバタンと当たって止まった。今や楯板は、関船同士の架け橋である。これを伝って斬り込む。

「殺す前に合印を確認せいよ。さ、続けッ！」

抜刀した森山多門が楯板を跳ぶように渡り、先陣を切って突入したが、敵船の甲板を踏む前に、敵鉄砲の斉射に遭って撃ち倒された。まだ若い物頭は、黒い海面へと悲鳴すら上げずに転がり落ちていった。

「それ、走れッ！」

藤堂の号令一下、与一郎たちは黒い塊となって楯板を押し渡り、群がる敵兵を突き飛ばすようにして船首へ向けてひた走った。

七

藤堂組は槍足軽の部隊である。弓兵の与一郎、棒を使う弁造以外は長さ一間半（約二百七十センチ）ほどの持槍で武装している。長大な長柄槍よりは扱い易く、屋内向きの手槍よりは、刺しても叩いても破壊力が大きい。白兵戦で最も力を発揮する得物といえよう。

藤堂組が槍の穂先を揃えて船首へ殺到すると、帆と帆柱を操作していた敵水主たちは四方に逃げ散った。逃げ場を失った者は海へと飛び込んだ。よほど泳ぎに自信があるのだろうが、陸地ははるか彼方だ。

藤堂組は、下総矢倉の船首側の甲板に集結した。

「槍衾《やりぶすま》を作れィ。剣山のように穂先を揃えて誰も近寄せるな！　右や！　右から来よるぞ」

藤堂が叫んだ。

見れば敵足軽五人が、こちらも槍の穂先を揃えて突っ込んでくる。槍衾と槍衾の激突だ。双方に大きな被害が出るに相違ない。甲板を踏み鳴らす足音がドタドタと近づく。

弁造が、重さが二貫（約七・五キロ）ある六角棒を、水平にして両手で頭上にさし上げた。

「糞がァ。くらえッ」

そのまま敵の槍衾を目がけて投げつけたのだ。

「うわッ」

敵も生身の人間だ。顔の前に飛んできた「樫《かし》の材木」は反射的に避ける。敵槍衾の穂先が乱れた。その乱れを目敏《めざと》く見つけ、藤堂がつけ込んだ。

「槍組、前へッ」

日頃の訓練の賜物である。一糸乱れぬ前進が敵の陣形を切り裂いた。六角棒の衝撃と槍衾の前進に突き崩された敵は足を止め、ズルズルと下がり始める。

「さらに、前へッ」

数歩踏み込んで、今度は槍を振り上げ、上から叩きにかかった。

「えいさッ」

ゴンッ。

「あがッ」

「ほいさッ」

ゴッ。

「おごッ」

足軽が被る陣笠では、持槍の打撃には耐えられない。仮に鉄製の陣笠でも、頭を上から叩かれると首や背の骨が外れる。

つまり、戦場での持槍は、六割方「叩く得物」なのである。刺すのは最後の最後、止《とど》めの時でいい。それまでは振り上げて振り下ろし、また振り上げて振り下ろす。只管《ひたすら》ぶっ叩くのが心得だ。長さが三間（約五・四メートル）を超す長柄槍だと持槍以上で、穂先はほんの七寸（約二十一センチ）程度しかなく、九割九分が「叩く得物」となっている。

与一郎は、別のことを考えていた。

不審船も関船だ。船体に総矢倉が載っている。上甲板での戦いに参加しようと、今も下の矢倉内から敵兵がドンドン階段を上ってきているのだ。

（矢倉から上甲板への出口は二ヶ所や。あれを二つとも潰し、下から上がってこられんようにすれば、上甲板での戦は、人数的にこちらが有利になる）

「藤堂様！」

「あ？」

手短に策を説明すると、藤堂はすぐに同意してくれた。

「弁造、左門、続け！」

二人の家来に一声命じて与一郎は駆け出した。弁造は、甲板に転がった六角棒を拾ってから与一郎を追いかけた。

矢倉からの出口は、四尺（約百二十センチ）四方の大きな方形であった。今も敵足軽が一人、上甲板に這い出そうとしている。

与一郎は駆け寄ると、刀の切っ先を足軽の首に突き刺した。

「ぎゃッ」

夥しい返り血を浴びながら、足軽を階下へと蹴り落とし、傍らに固定されている大きな蓋を外し、出口に被せて塞いだ。

ガクン。

すぐに下の矢倉内から突き上げがきた。蓋が浮いて開きそうになる。与一郎が飛び乗って蓋の上に座り込み、自ら重しとなって蓋が開くのを防いだ。

「殿、危ない。下から尻を撃たれまっせ」

弁造が、与一郎の尻を案じた。

「あほう。こんな分厚い板を撃ち抜ける銃弾が……」

ドオン。

「……あ」

蓋上に胡坐をかいた与一郎を、下から上へと銃弾がかすめた。尻のすぐ横に撃ち抜かれた丸い穴が開いており、薄《うっす》ら煙を上げている。上甲板の用材は分厚く、銃弾で撃ち抜くことは無理そうだが、出入り口の蓋の板は然程分厚くはないようだ。いずれにせよ、もう少しで尻の穴が二つになるところだった。

「あ、危な……」

慌てて蓋から転がり下りた。すぐに下から突き上げがきて、蓋が開きそうになる。今度は左門が件の頭陀袋を蓋の上に置き、その上に座った。

ドオン。

またもや下から撃ってきたのだが、左門は涼しい顔で座っている。

「これで大丈夫にござる」

左門が莞爾《かんじ》と笑って頷いた。頭陀袋の利用法の一つが「弾避け」であることが今初めて知れた。色々な物が大量に詰め込まれているので、撃ち込まれた銃弾もアチコチ頭をぶつける内に、威力を失ってしまうのだろう。理屈としては竹束のそれによく似ている。ただし、頭陀袋内の物品は、大方が売り物にならなくなってしまうだろう。ま、それは仕方がない。

与一郎たちに出入口の一つを押さえられた不審船側も黙ってはいなかった。与一郎主従三人さえ排除すれば、新たな味方がより多く、矢倉から這い出してこられるのだから。

「死ねッ」

持槍の強打が、与一郎の頭上を襲った。あらぬ方向から打ち掛かってきたので多少動転したが、山勘で上体をひねり間一髪で陣笠への直撃は回避した。空を切った槍が甲板を強かに打った。

ダン。

目の端に映った相手は——歴とした兜武者だ。頼みの弁造は、別の兜武者と切結んでいる。左門は、蓋の重しに忙しい。

（参ったな。厄介なことになりそうや）

刀を持ったまま、敵槍の胴金の辺りを掴みにいった。必死である。持槍を手にした鎧武者と打刀のみの足軽では、通常勝負にならない。せめて相手の得物を掴んで動揺させたかった。しかし、胴金はツルリと滑り、与一郎は掴みそこねた。

（糞ッ）

と、やけくそで遮二無二前へと踏み込んだ。打刀は三尺（約九十センチ）強、持槍は一間半（約二百七十センチ）、長さの差は如何ともしがたい。ならば近づくのみだ。

相手は接近戦を嫌い、数歩後ずさった。刹那、足が血溜まりで滑り、大きく体勢を崩す。

（今や）

と、ここでようやく敵槍の胴金をガッチリと掴み、左腋の下へと抱え込んだ。

（後は槍の柄を手繰り寄せて接近、刀で刺し殺すもよし。摑みかかって引き倒し首を獲るもまたよし……いずれにせよ俺の勝ちや）

一瞬、心の中に油断が芽生えていた。

与一郎は勝負を急ぎ、左腋下に抱え込んだ槍の柄を伝い、相手に接近した。

敵は両手で槍を構えている。刀を抜くには槍を手放さなければならない。槍を手放す？　そんな勇気があるはずが——敵がパッと槍を放り出した。

（な、何ッ！）

自由になった両手で腰の刀を抜き、間髪を容れずに斬りかかってくる。

与一郎も槍を捨て、敵の斬撃を刀でいなした。打刀同士の決闘だ。相手がさらに踏み込んで第二撃、第三撃がくる——

ギン。ガン。

刀の棟でいなしにいなした。半分暮れた伊勢湾に派手な火花が散りに散る。

（不利やなァ。下手するとやられるぞ。どうするか？）

兜武者が、当世具足に小具足まで着用すれば、ほぼ弱点はなくなる。逆に、足軽の畳具足は何処をどう突いても刺さるし、切れる。攻撃力は双方打刀で同等だろうが、防御力が断然違うのだ。

七度目の斬撃がきたとき、与一郎は「いなす」のを止めた。足軽だとて籠手ははめている。振り下ろされた刀を、刀ではなく籠手の二の腕、頑丈な篠金《しのかね》で受けたのだ。

ガチン。

火花が散り、相手と目が合った。面頬の奥の両眼に動揺が見て取れた。

与一郎、右手一本で刀を突き出し、喉垂れの横から切先を刺し込むつもりだったのだが、切先は兜の錣《しころ》に阻まれ、虚しくはね返された。

さらに踏み込んで兜武者の懐へと飛び込んだ。抱きついて押しに押し、同時に足を掛けると、敵はドウと倒れ、尻餅をついた。

（しめた！）

そのまま胸の上に馬乗りとなって抑え込んだ。刀を持った右手で面頬をつけた顔を強か殴りつける。幾度も幾度も殴りつけると、少し動きが緩慢になった。左手で面頬を鷲摑み、少しずらして、刀の切先を喉元へと突き刺した。音をたてて鮮血が吹き出し始めた。

もう一つの出口は、藤堂たちが押さえていた。これで不審船側人員の多くが矢倉内に閉じ込められ、上甲板での戦闘に加われなくなった。織田方は常に数的優位を保ち、次第に敵を圧倒していった。

「参った。降参や」

船尾に追い詰められた十数名の敵生存者が得物を置き、上甲板での戦闘は終了した。後は、矢倉内の敵を降伏させるだけだ。

「おい。矢倉の中におられる方々、もう上は勝負がついた。方々も降伏されよ」

木下隊の指揮官である鉄砲大将が討死したので、総指揮をとることになった関船船頭の大島右近が矢倉内に呼びかけた。

「断る！　降伏なんぞせんわい」

矢倉内から強気の返答が戻ってきた。

「おい、敵が使っとった焙烙玉を持って参れ」

と、配下の水主に命じた。

傍で見て「なぜ焙烙玉と呼ばれるのか」今はよく理解できた。豆や茶を煎る焙烙の中に黒色火薬を詰めてある。そこに導火線を繋げて爆発物とする仕掛けだからだ。

「おまえ、どいてみい」

火の着いた焙烙玉を片手に持った大島右近が、頭陀袋の上に座る左門をどかした。蓋をわずかに開け、焙烙玉を階下へと投げ入れた。

「ひいッ」

階下からの悲鳴がもれ伝わった。

ドオン。

「炮烙玉は、まだたっぷりあるぞ？　総矢倉内の方々、どうしなさるね？」

「……………」

矢倉内はすぐに降伏した。

やはり不審船は、船倉に大量の玄米を積んでいた。長島輪中への兵糧搬入を目的としていたらしい。ただ、随分と海に投棄していたから、元々はどれほど積んでいたものやら正確には分からない。

「長島城の兵糧……尽きるのが五日か十日、早まったとゆうところかな？」

弁造が腕を組み、小首を傾げた。

「手柄として、これは大きいのか、小さいのか……よう分からん」

「兄貴、立派な戦果でござるよ」

と、左門が弁造を慰め、さらに続けた。

「そもそもこの船だけのことやない。この船が上手くやると、次の船次の船と際限なくやってきよる。まずは兵糧搬入の企みを潰したこと、そこに意義はござるのでござるよ」

「へへへ、そうかね？」

「そうでござるとも」

家来二人が明るく笑い合う。実にいい仲間だ。傍らで聞いていた与一郎も嬉しくなってきた。

「お頭、これを御覧じろ」

と、大島右近の寄騎が総矢倉から上がってきた。手に大きな白い布を持っている。布を広げるとそれは幟旗で「丸に上」の紋所が染め抜いてあった。

「ほう、やはり村上水軍であったか」

大島が嘆息を漏らした。

村上水軍は、瀬戸内に名を轟《とどろ》かせる海賊大将だ。現在は毛利の麾下に入っているらしいから、毛利も本願寺側へ味方しているようだ。信長、四面楚歌《しめんそか》である。

八

八月三日、西から攻めた柴田勝家隊が大鳥居城を陥落させた。同じ頃には、篠橋城内の食糧も尽きた。信長は本陣を篠橋城対岸の五明輪中へと進め、安宅船から城を砲撃させた。進退窮まった篠橋城兵は一計を講じることにした。

「飢え死には御免じゃ。物は相談じゃが、我らが篠橋城を抜け出し、長島城へ入るのを見逃して欲しい。さすれば、頼旦《らいたん》殿を殺してでも城門を開ける」

と、内応を匂わせ、長島城への移動を申し出たのだ。無論、内応する気など毛頭ない。無事に長島城に逃げ込み、同志と合流するための嘘八百である。

信長はすぐに嘘を見破ったが、騙された振りをし、あえて長島城への移動を許した。

八月十二日、女子供を含む篠橋城兵は、半里（約二キロ）南西の長島城へと移った。織田方が攻撃を加えることはなかった。

「してやったり！　阿弥陀様の御加護じゃ」

長島城の意気は上がったが、それも一時的なこと——兵糧が尽き、飢えに飢えた篠橋城兵が合流したのだ。堅城だが然程に広くない長島城の兵糧不足は、深刻さの度合いを増した。すべて信長の狙い通りである。

寒蟬《かんせん》が一斉に鳴き始めた旧暦八月二十八日の早朝。信長は、長島城近傍の殿名《とのめ》に本陣を進めた。長島城門までの距離は、四半里（約一キロ）もない。完全に嘗め切っている。

その後一ヶ月《ひとつき》、このままにらみ合いが続いた。

残された一揆側の城は三ヶ所である。長島城の他に、対岸の屋長島城と中江城だ。その三城に数万の門徒が籠っている。九月の中旬までにはどの城も完全に兵糧が尽き果て、餓死者が続出した。

長島一向一揆の総大将である本願寺坊官の下間《しもつま》頼旦は、信長に降伏し、己が首を差し出す代わりに、城兵と女子供の助命を嘆願した。

「下間頼旦、潔し」

信長はこれを快諾した。

——そう、快諾したのである。

運命の天正二年九月二十九日。

早朝、長島城の城門が開き、痩せさらばえた籠城者たちが出てくると、信長は一斉に数百挺の鉄砲を撃ちかけさせた。

ダンダンダン。ドンドン。

先頭を進んでいた僧侶たちが、バタバタと倒れたが、銃声が鳴り止むことはなかった。

ただ、多くの者は逃げることも、泣き喚《わめ》くこともせずに、只々その場に身を寄せ合ってうずくまるだけだ。もう半月近くも食っておらず、逃げたくても体が動かないのだ。俯いて合掌し、小声で称名するのがやっとである。

ドンドン。ダンダンダン。

さらに織田方は雨霰《あられ》と銃弾を浴びせる。

武士が、僧侶が、男が、女が、年寄りが、子供が、次々に打ち倒されていった。

「かかれ！　恩賞の事だけ考えよ。さあ、総がかりや！」

木下長秀が采配を振り回した。

「突っ込むぞ」

堅い表情の藤堂が配下の足軽たちに命じた。軍律がある。「かかれ」と命じられたからには「かかる」しかない。命に背けば罰せられる。

（戦は綺麗ごとやない）

仕方なく弓を置き、刀を抜いて駆け出しながら与一郎は考えた。

（俺も随分と酷い殺し方をしてきた。今では毒矢まで使うとる。でも、戦場にも最低限のしきたりはある。あんな立てもせんような年寄りや女子供を殺すのは戦やない。単なる蛮行や。殺戮や）

「おい、弁造、左門」

走りながら家来二人に叫んだ。

「俺は、女子供はよう殺さん。走り回って如何にも働いているように見せるつもりや」

「よ、よかったァ。そ、それを聞いて安心したでござる」

左門が半泣きで答えた。

「身共も、殺せと命じられたらどうしようかと思うてましたわ」

笑顔の弁造が、左門の具足の肩をドンと叩いて頷いた。弁造、ようやく左門を仲間と認めたようだ。

「大声を上げて、あちこち走り回るでござるよ。そうすれば後から叱られることもないでござるよ」

「よし、それでいこう」

二人の家来が即座に同意してくれてよかった。人としての矜持をまだ失っていないようだ。ホッとした。


騙されたと気付いた下間はその場で自刃。顕忍《けんにん》以下多くの僧侶も死を選んだ。だが騙し打ちに怒り狂った八百人余の一揆衆は、手薄と見た織田の一隊めがけて駆け出したのだ。破れかぶれの逆襲である。先頭を走る一人が兜を投げ捨てた。別の一人が具足を脱ぎ捨てた。次々に鎧や衣服や籠手を脱ぎ捨てつつ、放り投げつつ、走りに走る。

「ナンマンダブ、ナンマンダブ、ナンマンダブ、ナンマンダブ」

やがて八百人全員が裸武者となり、槍や刀だけを手に、阿弥陀仏の名を唱えながら織田の陣地へと殺到したから堪《たま》らない。

「ナンマンダブ、ナンマンダブ、ナンマンダブ、ナンマンダブ」

奇矯なる裸武者の攻撃に怯んだ織田方は大混乱に陥る。数多の信長の親族が裸武者に討ち取られた。信長の叔父織田信次《のぶつぐ》、庶兄織田信広《のぶひろ》、庶弟織田秀成《ひでなり》、妹婿の織田信直《のぶなお》、従弟織田信成《のぶなり》、従弟織田信昌《のぶまさ》が討死し、最終的には千人以上の織田衆が討ち取られたのである。大損害だ。

「兄貴、どうして奴らは裸になったのでござるか？　ウラには合点がゆかんでござるよ」

遠くから、友軍の一隊が壊滅するのを只々呆然と眺めていた左門が、弁造に訊いた。

「そりゃおまい、浄土に具足や衣服は持っていけんやろ？　だから脱いだんや」

「な、なるほど」

左門が納得した様子で頷いた。

（進者往生極楽　退者無間地獄か……確かに、弁造のいう通りやも知れんな）

与一郎は、一揆衆の幟旗に染め抜かれていた十二文字を思い出していた。

——だが結果的には、これがまずかった。

親族の死に激高した信長は、理性の歯止めが利かなくなったのだ。対岸に残された屋長島城と中江城を「城兵ごと焼き払う」との暴挙に出た。

長島城の西方、香取口から侵入した柴田勝家が、屋長島城と中江城の焼却を命じられた。柴田は両城の周囲に幾重にも薪をうずたかく積み上げ、躊躇うことなく火を点けたと聞く。

幸い木下隊は、長島城の収容を命じられており、「焼却作業」に参加せずに済んだ。ただ、長島輪中の西岸に立てば、対岸の屋長島城と中江城は半里（約二キロ）しか離れていない。人と城を燃やし尽くす劫火《ごうか》と立ち上る黒煙は、長島城からもよく見えたし、西風が吹けば、人が焼ける胸糞の悪い異臭が辺りに漂った。

今この時、数万の男女が、生きながらに焼き殺されているのだ。

（地獄やな）

柴田隊に参加した者が語るところによれば、細く長く唱えられる称名の声が完全に途切れるまでには、優に数刻以上を要したそうな。

（信長も……狂犬や）

与一郎は思った。

（こやつも箍《たが》が外れとるわ。ふん。いずれ、後ろから撃たれようさ）

与一郎は、背後から家臣に撃ち殺された越前の富田長繁と織田信長の行く末を重ねていた。

終章　前門の秀吉、後門の於弦

天正二年（一五七四）十月八日。木下秀長隊は小谷城に凱旋《がいせん》した。

出陣は六月二十二日であったから、三月半《みつきはん》ぶりで故郷北近江へと帰ってきた。

大手門東側の出丸内にある足軽小屋で、久し振りに手足を伸ばして眠った。

「結局、兜首は幾人射殺《いころ》したんや？」

藤堂が記録係の左門と倉蔵に質した。

「頑張ったのだが、結局八人止まりにござる」

申し訳なさそうに左門が答えた。

「焙烙玉を投げようとした足軽を討ち取ったやろ？」

「それを勘定に入れての八人にござる」

「……あ、そう」

藤堂の声は、明らかに落胆している。

「ひょっとして二人ぐらい負けてくれるやも知れん。その帳面を寄越せ。一応、小一郎様に見せてみるわ」

結論を言えば、藤堂と与一郎の出世は叶わなかった。藤堂が帳面を提出すると長秀は――

「兜首を十人射殺すとの約定やったからのう。八人。しかも内一人は足軽やないかい。今回は諦めろや。ま、腐るな。また次があるがね。ハハハ、ほれ、これで酒でも買うて飲め」

と、小粒金を投げてよこしたそうな。結局、藤堂は足軽小頭のまんま、与一郎は足軽のままだ。

その朝はこの秋一番の冷え込みだった。北よりの風が強く吹き、今年最初の木枯らし――そんな言葉が浮かんだ。与一郎と藤堂組は元の木阿弥、小谷城大手門の門衛を交代で務めていた。

最前から大手門を潜《くぐ》って延々と、材木などの建築資材が運び出されていく。秀吉は小谷城の南西二里半（約十キロ）にある今浜の地に城を建設中だ。小谷城は堅城だが、典型的な山城で不便でもある。そこで琵琶湖畔に水城を築き、水上交易の利を独占しようと企んでいるらしい。小谷城は廃城となるので、城郭や武家屋敷を解体し、材木や石材を水城に流用しているのだ。ちなみにこの時代、荷馬車や大八車はまだ使われていない。車輪や車軸を作る技術はあったのだが、道が悪く、酷くぬかるむので、むしろ馬と人力に頼る方が合理的だったのだ。

「今浜に城を築くのはええさ。でも、だからって小谷城を壊さんでもええやろ」

槍を杖にして寄りかかった与一郎は不満顔である。

「城を二つも抱えとったら、大層銭がかかり申す。仕方ないでしょうな」

やはり六角棒を杖にして寄りかかった弁造が、与一郎を慰めた。

「浅井家の記憶を塗り潰そうと、秀吉公が企んどるような気もするわ」

「殿、ワシらが今仕えとるのは秀吉公ですぞ。浅井公ではない」

「そら、そうやけどな」

と、嘆息をもらした。与一郎も頭では分かっているのだ。ただ、根っこの部分で、どうしても納得できない自分がいる。

その日の夜、与一郎は秀吉に呼びつけられた。

「大石、参りましてございまする」

身分はまだ足軽である。薄暗い広縁に控え、平伏した。

「おう」

寛《くつろ》いだ胴服姿の秀吉は、文机に向かい書き物を続けた。しばらく待たされた。

「あの……」

「なんや？」

書き物を続けながら秀吉が答えた。

「筑前守《ちくぜんのかみ》への御叙爵、おめでとうございまする」

今年の七月、秀吉は従五位下筑前守へ任官した。今はもう十月だが、近しく言葉を交わす機会がなかったのだ。

「おお、かたじけない」

こちらを見ずに言った。

「それより、残念やったなァ。兜首、八人止まりやったそうではねェか」

「ははッ」

ほんの些細《ささい》なことまで耳に入っているようだ。少し驚いた。

「で、今も足軽のままか……鎌倉以来の名家の当主が惨めやのう」

「……」

少しムッとしたので、黙っていた。

「構わん。畳に上がれ」

「はッ。では、御免」

と、広縁より畳に上がり、部屋の隅に控えた。秀吉は筆を置き、与一郎に向き直り、ニヤリと相好を崩した。

「おみゃあ、馬乗りの身分になりたいか？」

「はッ」

しばらく考えた末に小声で答えた。ま、なりたくなくはない。馬には自信もあるし、足軽よりできることがうんと増える。

「他の方法で手柄を挙げてみんか？　士分にしてくれるぞ」

「どのような？」

「女さ」

「お、女？」

「ワシァなァ」

秀吉が身を寄せ、扇子で口元を隠し、小声で囁いた。

「於市殿を、嫁にしたい」

「……あ」

返答のしようがない。於市は秀吉の主人の妹。与一郎には前主の妻だ。秀吉にはもう正妻の於寧《おね》がいるし、側室には於絹だっている。

「嫁が無理なら一夜の逢瀬《おうせ》でも構わん。あの熟《う》れた体を、一度でええから好きにしてみたい」

「……」

みるみる与一郎の眉間にシワが寄った。夫婦が駄目なら一夜の契りで——その卑しい根性が気に食わない。要は「於市とやりたいだけ」ということだ。やはり秀吉は助平なだけの匹夫である。話にならない。

「於市殿は旧浅井家臣の中で、ワレを一番に信頼しとる。ワレから言われれば、あの女、必ず帯を解こうよ」

「於市様に、なにをどうお伝えするのですか？」

「秀吉が忍んで来るから黙って抱かれろと、それですべてが上手くいくと、そう伝えればええ」

やはり話にならない。

「できかねます。身の丈に余ります。お買い被りが過ぎまする」

腹の中では「それが武士の役目か」と吼えていた。

「ふ〜ん。ワレの小頭は、藤堂与吉とかゆうたなァ。あいつも、ワレと一緒に馬乗り身分にしてやるぞ。勿論、浅井家再興と万寿丸殿のことも忘れておらん。あれもこれも考えた上で、ワレ、一肌脱がんか？」

（ひ、卑怯な野郎や）

内心で臍《ほぞ》を嚙《か》んだ。

「どうや？」

と、顔を近づけニヤリと笑った。

「やはり……で、で、できかねまする」

少しだけ悩んだが、やはり拒絶した。

「ふ〜ん」

白けた空気が書院に流れた。

「ま、ええわ……ならば他の役目をくれてやる」

案外すんなりと引き下がってくれたのでホッとした。

すでに信長は、長島一向一揆を鎮圧した。今後、武田勝頼の出方にもよるが、来年（天正三年）中には、越前の一向一揆も討とうとするだろう。その折の先鋒は間違いなく秀吉である。秀吉が今回の長島遠征を免除されたのも、越前への備えのためだ。つまり織田家においては、越前問題は羽柴秀吉の専任事項なのである。そうなると当然――

「街道の抜け道、隠し砦の位置、敵の坊官たちの勢力図、全て知っておきたいわな。おみゃあはその下見に行くのよ」

「御意ッ」

与一郎は平伏した。於市に秀吉を斡旋《あっせん》するよりは、ずっと武士らしい仕事だ。

（越前国内は大分歩いとるし、左門は越前育ちや。紀伊や喜内之介殿も協力してくれるやろ。ま、なんとかなる。ただ……）

一瞬、雪山に消えた女の面影が脳裏に浮かんだ。

（於弦の奴、どこでどうしとるんやろか？）

秀吉は、広範囲から情報を集めるため、弁造と左門以外にも幾人かを同道することを許してくれた。

「誰ぞ、あてはあるのか？」

「勿論ございます」

与一郎は即座に、長島で共に苦労した藤堂与吉の足軽組を指名した。

越前行きの支度をしていると、足軽小屋の与一郎の元に、敦賀の紀伊から書状が届いた。なんと、於弦が越前一向一揆に身を投じたというのだ。弓の腕を買われ、弓兵として坊官下間頼照《らいしよう》の麾下で戦っているそうな。

「なんちゅうこと……」

与一郎は頭を抱え、その場にうずくまってしまった。越前一向一揆は、来年にも信長が討伐しようとしている相手だ。与一郎は長島の地で、信長の冷血漢振りをつぶさに見ている。炎上する中江城、屋長島城から伝わってきた人の焼ける臭いが、今も身に沁みついているようだ。

（於弦の奴、自棄糞《やけくそ》になっとるんやろなァ）

与一郎から夫婦約束を反故にされ、愛が余って憎さが百倍、自暴自棄《じぼうじき》になっているとしか思えない。紀伊の手紙によれば――

「与一郎を射殺し、その場で自分も喉を突いて死ぬ。あの世で夫婦になる」

との決意の書状が実家に届いたそうな。今年の初め、敦賀の山中、雪の中で聞いた台詞《せりふ》と一緒だ。

なにせ熊をも射殺す猛女である。虚仮威《こけおど》しの言葉には思えない。越前の戦場で、夫婦約束を交わした女と、殺し合いをすることになりそうだ。

「殿の自業自得や。御自分でなんとかしなはれ」

と、武原弁造から睨まれた。

「え、なんや？」

見れば弁造の他にも、左門や藤堂が無断で紀伊からの手紙を盗み読んでいる。

「ハハハ、そう深刻になるな。女心と秋の空はコロコロと変わる。思い悩んでも無駄や、不毛や」

藤堂与吉は笑って、与一郎の肩を叩いた。

「戦場で心中して、あの世で夫婦になるか……ウラも若い女子《おなご》から、一度そこまで惚れられてみたいものでござるよ」

意外にも大和田左門が、夢見がちな台詞を吐いた。

「どいつもこいつも能天気なことを……大体、俺にきた書状を勝手に読むな！」

大石与一郎が吼えた。

明日にも於弦が爪を研いで待ち構える越前へと向かわねばならない。

※本作はフィクションです。登場する人物・団体・事件等は、実在のものとは必ずしも一致しません。

小学館文庫
好評既刊

突きの鬼一

鈴木英治

ISBN978-4-09-406544-2

美濃北山三万石の主百目鬼《どうめき》一郎太の楽しみは月に一度の賭場通いだ。秘密の抜け穴を通り、城下外れの賭場に現れた一郎太が、あろうことか、命を狙われた。頭格は大垣半象、二天一流の遣い手で、国家老・黒岩監物の配下だ。突きの鬼一と異名をとる一郎太は二十人以上を斬り捨てて虎口を脱する。だが、襲撃者の中に城代家老・伊吹勘助の倅で、一郎太が打ち出した年貢半減令に賛同していた進兵衛がいた。俺の策は家臣を苦しめていたのか。忸怩たる思いの一郎太は藩主の座を降りることを即刻決意、実母桜香院が偏愛する弟・重二郎に後事を託して単身、江戸に向かう。

てらこや青義堂 師匠、走る

今村翔吾

ISBN978-4-09-407182-5

明和七年、泰平の江戸日本橋で寺子屋の師匠をつとめる坂入十蔵は、かつては凄腕と怖れられた公儀隠密だった。貧しい御家人の息子・鉄之助、浪費癖のある呉服屋の息子・吉太郎、兵法ばかり学びたがる武家の娘・千織など、個性豊かな筆子に寄りそう十蔵の元に、将軍暗殺を企図する忍びの一団・宵闇が公儀隠密をも狙っているとの報せが届く。翌年、伊勢へお蔭参りに向かう筆子らに同道していた十蔵は、離縁していた妻・睦月の身にも宵闇の手が及ぶと知って妻の里へ走った。夫婦の愛、師弟の絆、手に汗握る結末——今村翔吾の原点ともいえる青春時代小説。

小学館文庫
好評既刊

江戸寺子屋薫風庵

篠 綾子

ISBN978-4-09-407168-9

江戸は下谷に薫風庵という風変わりな寺子屋があった。三百坪の敷地に平屋の学び舎と住まいの庵がある。二十人の寺子は博奕打ち一家の餓鬼大将から、それを取り締まる岡っ引きの倅までいる。薫風庵の住人は、教鞭をとる妙春という二十四歳の尼と、廻船問屋・日向屋の先代の元妾で、その前は遊女だったという、五十一歳の蓮寿尼、それに十二歳の飯炊き娘の小梅の三人だけ。そこへ、隣家の大造が寺子に盆栽を折られたと怒鳴り込んできた。おまけに、城戸宗次郎と名乗る浪人者まで現れて学び舎で教え始めると、妙春の心に、何やら得体の知れない思いが芽生えてくる。

小学館文庫
好評既刊

人情江戸飛脚 月踊り

坂岡 真

ISBN978-4-09-407118-4

どぶ鼠の伝次は余所様《よそさま》の隠し事を探る商売、影聞きで食べている。その伝次、飛脚を商う兎屋の主で、奇妙な髷《まげ》に傾《かぶ》いた着物をまとう粋人の浮世之介にお呼ばれされた。瀟洒《しょうしゃ》な棲家《すみか》狢 亭《むじなてい》に上がると、筆と硯《すずり》を扱う老舗大店の隠居・善左衛門がいた。倅の嫁おすまに悪い虫がついたらしく、内々に調べてほしいという。「首尾よく間男と縁を切らせたら、手切れ金の一割、千両なら百両を払う」と約束する隠居に、生唾を飲み込む伝次。ところが、思わぬ流れとなり、邪な渦に呑み込まれ……。風変わりで謎の多い浮世之介とともに弱きを救い、悪に鉄槌《てつつい》を下す、痛快無比の第１弾！

小学館文庫
好評既刊

看取り医　独庵

根津潤太郎

ISBN978-4-09-407003-3

浅草諏訪町で開業する独庵こと壬生玄宗は江戸で評判の名医。診療所を切り盛りする女中のすず、代診の弟子・市蔵ともども休む暇もない。医者の本分は患者に希望を与えることだと思い至った独庵は、治療取り止めも辞さない。そんな独庵に妙な往診依頼が舞い込む。材木問屋の主・徳右衛門が、憑かれたように薪割りを始めたという。早速、探索役の絵師・久米吉に調べさせたところ、思いもよらぬ仇討ち話が浮かび上がってくる。看取り医にして馬庭念流の遣い手・独庵が悪を一刀両断する痛快書き下ろし時代小説。2021年啓文堂書店時代小説文庫大賞第１位受賞。

小学館文庫
好評既刊

まやかしうらない処
信じる者は救われる

山本巧次

ISBN978-4-09-407180-1

本郷菊坂台にある「瑠璃堂」主人・千鶴の占いは、見料は高いが当たると評判。だが実は千鶴にその才はない。鋭い観察眼と推理力、そして口八丁で客を丸め込むのだ。ある日、札差の佐倉屋喜兵衛が瑠璃堂を訪れた。蔵に誰かが侵入した形跡があり、犯人を占いで探してほしいという。その頃、江戸の町には贋金が流れているという噂があった。瑠璃堂でも佐倉屋が支払った見料から贋小判が見つかる。千鶴の右腕、権次郎と梅治が調べに出た矢先、佐倉屋の番頭が何者かに刺され死亡、直後に喜兵衛も転落死した。贋金の謎に迫る千鶴たちに黒幕からの刺客の手が忍び寄る！

小学館文庫
好評既刊

土下座奉行

伊藤尋也

ISBN978-4-09-407251-8

廻り方同心の小野寺重吾はただならぬものを見てしまった。北町奉行所で土下座をする牧野駿河守《するがのかみ》成綱《なりつな》の姿だ。相手は歳といい、格といい、奉行よりうんと下に見える、どこぞの用人。なのになぜ土下座なのか？　情けないことこの上ない。しかし重吾は奉行の姿に見惚《みと》れていた。まるで茶道の名人か、あるいは剣の達人のする謝罪ではないか、と……。小悪を剣で斬る同心、大悪を土下座で斬る奉行の二人組が、江戸城内の派閥争いがからむ難事件「かんのん盗事件」「竹五郎河童《かっぱ》事件」に挑む！そしていま土下座の奥義が明かされる――能鷹隠《のうよういん》爪《そう》の剣戟《けんげき》捕物、ここに見参！

小学館文庫
好評既刊

異人の守り手

手代木正太郎

ISBN978-4-09-407239-6

慶応元年の横浜。世界中を旅する実業家のハインリヒは、外交官しか立ち入ることができない江戸へ行くことを望んでいた。だがこの頃、いまだ外国人が日本人に襲われる事件はなくならず、ハインリヒ自身もまた、怪しい日本人に尾行されていた。不安を覚えたハインリヒは、八か国語を流暢に操る不思議な日本人青年・秦《みなと》漣《れん》太《た》郎《ろう》をガイドに雇う。そして漣太郎と行動をともにする中で、ハインリヒは「異人の守り手」と噂される、陰ながら外国人を守る日本人たちがこの横浜にいることを知り——。手に汗を握る興奮に、深い感動。大エンターテインメント時代小説、ここに開幕！

―――本書のプロフィール―――

本書は、小学館文庫のために書き下ろされた作品です。

協力　アップルシード・エージェンシー

小学館文庫

長島忠義《ながしまちゅうぎ》

北近江合戦心得《きたおうみかっせんこころえ》〈二〉

著者　井原忠政《いはらただまさ》

二〇二三年七月十一日　初版第一刷発行

発行人　石川和男
発行所　株式会社　小学館
〒一〇一-八〇〇一
東京都千代田区一ツ橋二-三-一
電話　編集〇三-三二三〇-五九五九
販売〇三-五二八一-三五五五
印刷所――中央精版印刷株式会社

ISBN978-4-09-407273-0